ホーリーアンデッド 2

～非モテでぼっちの死霊術士が、聖女に転生してお友達を増やします～

著：ばーど
イラスト：刈天

KN
Kinetic Novels

Holy Undead

eps.5 学園入学編

Holy Undead

28．究極の選択

ここは聖マーテル神国の神都フィーリアにある聖母教会の総本山〝大教会《エクレーシア》〟。

七人の枢機卿《カーディナル》が一堂に会し、緊急の枢機院が開催されていた。

今回の議題は——リヒテンバウム王国にて噂になっているひとりの少女についてである。

「ユリィシア・アルベルトってのはあんたの孫じゃあなかったかい、スミレよ。この噂はどういうことかのぅ？」

「……わかってるよ、コーディス」

【聖智賢者《せいちけんじゃ》】コーディス・バウフマンに問われ、スミレ・ライトは渋い顔で睨み返す。

だがスミレはそれ以上言い返すことはなかった。

実際にこの噂の主は間違いなく、自分がよく知っている可愛い孫娘のことだからだ。

(しかし——あの子が大量のアンデッドを昇天させただって？　娘《フローラ》からは聖女の才能はないと聞いていたのだが……)

様々な思考がスミレの頭の中を駆け抜けるが、とりあえずこの場での答えは決まっていた。

「アタシが出るよ。自らの目で確認してくるさ」

「しっかり頼むぜよ？　自分の孫を見過ごしたってんなら、さすがにこっちも考えることがあるがなぁ」

「ちっ」

【黄金猊下《おうごんげいか》】エルマイヤー・ロンデウム・サウサプトンの嫌味な口調に、スミレはあからさまに舌打ちする。

だがエルマイヤーも怯まない。自らの孫が【英霊乙女《えいれいおとめ》】の二つ名を持つ聖女になっていることから、次期教皇選定レースで一歩リードしていたものの、まだまだ油断はできない。

目下の最大のライバルは――スミレだ。故に彼は追及を強める。

「今までちゃんと見極められなかったのに、今回はできるというのか？」

「大丈夫だ、ギフトも使って確認してくるよ」

「……もしそれでも見極めに失敗したら？　責任が取れるのか？」

実のところエルマイヤーにとって、ユリィシアが何者であるかは特に重要ではなかった。どのような理由であれ、スミレに過失を認めさせて教皇選出レースから蹴落とすことさえ出来れば、他はどうでも良かったのだ。

エルマイヤーの意図を知ってか知らずか、スミレは鋭い眼光で睨み付けながら宣言する。

「そのときには枢機卿を降りるよ。アタシのギフトが錆び付いたってことだからね」

「枢機卿に二言は無いぞ？」

「くどい！」

きっぱりと言い切るスミレの言葉に、【黄金猊下《おうごんげいか》】エルマイヤー・ロンデウム・サウサプトンは言質を取ったとばかりに口元をニヤリと歪めたのであった。

◆◆

私と一緒にちゃっかり回収されたネビュラちゃん。

カインとフローラに『悪者に拉致された天涯孤独の女の子』という設定を無理やり押し通し、泣き落としまで駆使した結果、無事アルベルト家に保護されることになりました。

「ネビュラちゃん、うまいこと潜り込みましたね。さすがはヴァンパイアです」

「ヴァンパイアは関係ないでございます！　というか、あの格好のまま放置なんて酷いです！」

実はネビュラちゃんには《審罰の左目》を使い過ぎたせいで、かなり強力な女装の呪いが染み込んでしまい、解除不能となってしまったのです。

《浄化の左手》を使えば解呪できる可能性はあるのですが、アンデッドであるネビュラちゃんにこのギフトを使うと昇天してしまう恐れがあるので、危険すぎて使えません。

だから放置していたのですが――。

「こんな身体にしたのですから、最後までちゃんと責任取ってください！　この状態で野に放つなんてあんまりでございます！」

「……はぁ、仕方ありませんね」

こうしてネビュラちゃんは私付きのメイドとしてアルベルト家で雇われることになりました。

「俺はウルフェ。お嬢様を守る盾であり、お嬢様の敵を切り裂く剣だ」

「えーっと、ボクはネビュラでございます」

「お嬢様の使徒が増えるのは大歓迎だ、これからよろしく頼むな！」

「は、はぁ……」

脳筋ウルフェとは全く違うタイプではありますが、上位アンデッドであり〝黒ユリ〟のことも知っているネビュラちゃんは、死霊術《ネクロマンシー》を使えるようになるための研究を行うにあたり欠けていたピースを埋める存在となってくれそうです。

ネビュラちゃんが起こした一連の騒動は、このほかにもアルベルト家に多くの影響を及ぼしました。

その一つとして、〝勇者の光〟というギフトに覚醒した弟のアレクが、勇者候補として正式に王国に認められ、騎士学校に飛び級で入学することになったのです。

「すごいぞアレク！　騎士学校は才能や選ばれたギフト持ちしか入学を許されない特別な学校なんだぞ！　そこに飛び級で入るなんて前代未聞の――」

「だけど……僕は目覚めたこのギフトの力を、姉さまを守るために使いたいんだ」

「まぁアレク！」

なんて素晴らしい。

アレクが私の素体候補としての自覚を持ってくれていることが嬉しくて、つい抱きしめてしまいます。

「だがなぁアレク、騎士学校に入るのはすごく名誉なことなんだぞ？　同期に第二王子も入学予定だし将来が約束されて……」

「姉さまは特別な人で、いつか世界を救うことになるんだ。だから僕はそのときのためにもっと強くなりたい」

うーん、世界を救う予定なんてまったくありませんが。

「アレク様、その気持ちは俺も同じです。であればこそ騎士学校に行くべきです。あそこには強い人たちがたくさんいると聞いてますからね」

「そうですよ、今一番大事なことは、己の限界まで鍛えることとです」

やがて素体として最高の状態になったときに、私が極上のアンデッドにして差し上げますからね。

説得が通じたのが、渋々アレクが頷きます。

「……わかったよ、ウルフェや姉さまの言う通りにする。僕は騎士学校で最強になって、父上やウルフェよりも強くなってやるから！」

「おお、その意気だ！　姉を守れる強い男になれよ！」

「はいっ！」

このやりとりを見ていたフローラが、何気ない口調で私に話を振ってきました。

「ところでユリィシア、学校といえば……あなたも学園へ行かないかしら？」

「学園、ですか？」

学園などというものに前世では良い思い出がありません。

無視、嫌われ者、嫌がらせ……うっ……頭痛が……。

「いいえ、結構ですお母様」

「えー、あなたを【リベルタコリーナ学園】に入れることが私の夢だったのに……」

学園なんて絶対に行きたくないです。

そもそも学校と名の付くものにトラウマがあるのですから、私が学園に通うことなんて一生ない

――そう思っていた時期が、私にもありました。

「ちょっとフローラ！　出てきなさい！」

「げっ!?　お母さん?!」

祖母のスミレが突然家にやってきたことにより、私の運命は大きく変わることになるのです。

◇◇

「フローラ！　あんた嘘ついたわねっ!?　おかげでアタシゃあ枢機院で嫌味たっぷりに言われたよ、『あんたは孫の管理もできてないのか』ってね!!」

「うるさいわね！　仕方ないでしょ、あたしだって知らなかったんだからさ！」

スミレさん激おこです。

ですがフローラも負けていません。壮絶な母娘喧嘩です。

ただふたりの喧嘩の原因は、困ったことに私にあるようなのです。

先日、王都北部の墓地で大量のアンデッドをまとめて昇天させてしまったのが噂として広まったらしく、聖母教会本部に私の存在が知られてしまったのです。

「ここまで噂が拡がったらさすがのアタシも枢機院を抑えられないよ。ユリィシアを神都に連れて行って、聖女として一から仕込むからね？　文句ないよね？」

「大ありよ！　ユリィシアは絶対学園に入れるんだから！」

ふたりの喧嘩はどんどんヒートアップしていき、なんだかとんでもない方向に向かっていきます。

聖女？　学園？　なにがどうなったらそうなるんですかね？

そもそも私の意思は？

救いを求めて視線を横にいたカイン、ウルフェ、アレクの三人に向けますが、さっと目を逸らされます。

さすがにガチ喧嘩しているあの母娘の間に割って入る勇気はないようです。なんとまぁ、使えない男どもなのでしょう。

あとニヤニヤ笑っているネビュラちゃんは、あとでお仕置き確定ですね。

「あーもう！　アタシたちだけで話しててもらちがあかないわ！　ユリィシアを呼びなさい！」

「ええ、いいわよ！　本人の意思を確認しましょう！」

本人の意思を完全に無視したふたりの議論は白熱し、最終的に究極の二択を私に突きつけてきました。

もちろん他の選択肢なんてありません。この時点で私の意思なんて無いも同然なのですが……。

とはいえふたりに逆らう気持ちも無いので、ここは素直に従うしかありません。

私が選んだのは――。

「私、学園にいきます」

「がーーん」

「いえーーい」

明らかにショックな表情のスミレに、嬉しそうにガッツポーズのフローラ。

だって死霊術士《ネクロマンサー》の天敵である教会に送り込まれるなんて論外にも程がありますからね。

私にとって苦渋の選択とはいえ、学園送りの方がまだマシというものです。

「……はぁー、まぁとにかくユリィシアの気持ちはわかったよ。でも最後にお願いがある。あんたにアタシのギフトを使わせてもらえんか？」

「おばあさまの、ギフトですか？」

ぎくっ。まさか……あのギフトを私に使う予定ですの？

「ああ、《罪悪の神判《ギルティ・ジャッジ》》と言ってね、アタシの質問に正直に答えているかどうかを判別するものなのさ」

やはり《罪悪の神判《ギルティ・ジャッジ》》でしたか。

前世の私を追い込んだ、問答無用で嘘偽りを判別するという恐ろしいギフトです。

このギフトを使って裁判を行うスミレは【冷徹聖判《れいてつせいはん》】という恐ろしい二つ名を得ていました。怖い……どんな質問が来るのでしょうか。

「そんなに怖がらなくていいよ。ユリィシアはアタシの質問に正直に答えてくれればいいだけだからね？」

「は、はい……」

「じゃあ最初の質問だよ？」

スミレが顔を近づけ、じっと私の瞳を覗き込んできます。

ドキドキ。なんとか誤魔化して聖女認定や神都への強制送還などを避けなければ……。

「ユリィシア、あんたは〝大治療の奇跡〟を使えるのかい？」

「いいえ」

「……おや、ウソはついてないみたいだね。では簡易治療《トリート》より上の奇跡は覚えているかい？」

「いいえ」

私が使えるのは最低ランクの簡易治療《トリート》だけなのでウソはついてません。私の答えにスミレの顔がみるみる曇っていきます。

「あんた、まだ簡易治療《トリート》しか使えないのかい」

「はい」

「じゃあ次の質問だ。先日、王都北の墓地でアンデッドたちを全てターンアンデットしたのはあんたなのかい？」

「いいえ」

実際私はターンアンデッドなど使っていないので、こちらもウソは言ってません。

「でも何体かは昇天させたんだろう？」

「はい」

「……なるほど。じゃああの噂はユリィシアのやったことが過大に誇張されて拡まったって感じなのかい？」

「はい。おそらくそうではないでしょうか」

これも嘘偽りありません。他人はともかく私はそう思っていますから。

一通りの質問を終えて、スミレは大きく息を吐き出します。

「……やっぱりあんたは嘘をついてなかったね。よしわかったよ、あとはアタシにまかせな。枢機院にはうまく説明しておくからさ。ユリィシアはしっかりと学園で頑張るんだよ」

「はい、おばあさま。ありがとうございます」

ふぅぅ、なんとかスミレを誤魔化すことに成功しました。

これで私は安心して学園に通えます……って、えっ!?　学園に通う!?

ハッとして隣を見ると、そこには満面の笑みを浮かべたフローラが。

「ユリィシアが自分の意思で学園行きを決めてくれて、お母さんは嬉しいわぁ」

「え、いえ、その……」

「まさか、やっぱり行かないなんて言わないわよね？　自分の意思で宣言したのに？」

あそこまでハッキリと言ってしまってはもはや言い逃れはできません。

そもそも前言撤回してしまったら今度は即神都送りの刑ですからね……とほほ。

「行きます……行かせていただきます」

「うふふ。ユリィの制服姿、楽しみだわぁ」

こうして私は、本当に、本当に仕方なくリベルタコリーナ学園に通うことになってしまったのでした。

29．準備

私より一足先にアレクが騎士学校へと入学していくのを見送ると、次はいよいよ私の番です。

「いいことユリィシア。リベルタコリーナ学園はね、乙女たちの憧れなのよ」

フローラが熱弁するには、過去の王妃のほとんどがこの学園の出身なのだとか。なるほど、王子様とのラブロマンスが大好きなフローラのテンションが高いわけですね。

リベルタコリーナ学園はそれなりの格式のある学園で、入学には最低でも男爵以上の貴族か大金持ち、もしくは有力者からの推薦を貰う必要があるそうです。

私の場合は——。

「フローラ、推薦ならわたくしに任せて！　ユリィシアちゃんのためだったらひと肌でもふた肌でも脱ぐわ！」

「ありがとうアンナメアリ、自分の娘をリベルタコリーナ学園に通わせるのがわたしの長年の夢だったのよ！」

側妃の推薦状という、これ以上ないものをあっさりと手に入れてしまったのでした。

「わたくしも卒業生だけど、学園では寮生活になるわよ。ユリィシアちゃんはお連れのメイドと護衛の人選はどうするの？」

「メイド？　護衛？」

「リベルタコリーナ学園はメイドは三人まで、護衛は一人まで連れて行くことが許されていたはずよ。良かったらレナユナマナを貸しましょうか、三人とも学園出身だし」

なるほど、お供を連れて行くことができるのですね。

だったら私は寮で色々とやりたいことがあるので――。

「ありがとうございます。ですが私はウルフェとネビュラちゃんだけを連れて行くことにします」

「あなたに忠誠を誓ってるイケメンの獣人剣士さんと、最近メイドとして雇い入れた美少女さんね。遠慮しないで三人とも連れて行けばいいのに」

「あたしも行きたかった～」「学園懐かしいよね～」「あれは青春だったわ～」

美女三人を連れて行くことにはかなり後ろ髪を引かれますが、これも私の明るい未来のためですからね。残念無念。

「あーあ、ユリィシアが羨ましいわ。わたしは聖女認定されちゃったせいで、すぐに教会勤めになって学園に入らせてもらえなかったのよね」

「リベルタコリーナ学園はそんなに凄いところなのですか」

「あそこはね、特別な場所なの。ごく限られた御令嬢だけが入学を許される乙女たちの憧れの地であり、夢が詰まった秘密の花園なのよ」

「御令嬢だけ、とは……どういう意味ですか？」

「どういう意味もなにも、リベルタコリーナ学園は女子のみの学園なのよ」

「ふぇ!?」

女子だけ!?　男子はいない!?

驚きの事実に私のテンションは一気に上がります。

だって女子校ですよ？　そんなの……パラダイスではないですか。

こうなると俄然準備にも気合が入ります。

「レナユナマナ、お願いがあります。お三方をお連れできない代わりに、ネビュラちゃんを徹底的に鍛えてもらえませんか？」

「はいっ!?　ボクを、でございますか?!」

「あら、これまた可愛い子を侍女にしたわねー。いいわ、あたしたちに任せといて」

「きゃー肌きれーい！」「化粧ノリよさそう！」「お着替えしてもいいかしら？」

「すいません、この子照れ屋なのでお着替えとお触りはNGでお願いします」

「えっ!?　えっ?!」

「ちぇー、しょうがないなー」「ま、全力で鍛えるわよ」「まかしといて！」

「えっ!?　えっ!?　えーーーっ!?」

ネビュラちゃん、しっかり鍛えて優秀なメイドになるのですよ。

◆

さまざまな準備を整え、迎えた15歳になる年の春。

ついに私がリベルタコリーナ学園へ向かう日がやって来ました。

「ユリィシア、よく似合ってるわ」

「ありがとうございます、お母様」

私がいま着ているのはリベルタコリーナ学園の制服です。

ひらひらとしたスカートの制服はなかなかに可愛らしくて、気に入って鏡の前で何回もくるくると回ってしまいました。うふふっ。

「じゃあがんばってね、ユリィシア」

「ウルフェ、ネビュラ、娘のことを頼んだぞ！」

カインとフローラに見送られて、スーツ姿に帯剣したウルフェとメイド服姿のネビュラちゃんを伴い学園に向けて出発します。

「ネビュラちゃん、研究の準備はいかがですか？」

「はい、指示された道具は全て揃えてございます」

道中、馬車の中で確認しているのは、ネビュラちゃんに事前に用意させていた、私が『黒ユリ』状態となるために必要な魔法道具や魔法薬《ポーション》を研究するための器具や素材です。

先日王都でネビュラちゃんがプレゼントしてくれたネックレスのおかげで、聖なる力を抑えることさえできれば死霊術《ネクロマンシー》を使えることが判明しました。

とはいえ〝聖女殺し〟のようなレアドロップ品は滅多に手に入りませんし、そもそも毎回壊れていては使いものになりません。

そこで学園での自由時間を活用して、聖なる力を抑制する手段を研究することにしました。

もしこの研究が実用化されれば、私はいつでも自由自在に『黒ユリ』になれるでしょう。

「ところでお嬢様はその――どこで死霊術《ネクロマンシー》を学ばれたのでございますか？」

「師匠に習いましたよ」

「師匠とは……【奈落《ならく》】様ですよね。どうやって会ったのでございますか？　それにフランケルの遺産もお持ちですし……」

「うふふ、その秘密を知りたければ私に尽くしてください。場合によっては力の一部を与えても良いですよ」

「っ!?」

実際、死霊術《ネクロマンシー》を使えない今の私では【不死の軍団《ヘルタースケルター》】を十分に管理できません。

だからネビュラちゃんが忠実であれば、管理代行くらいの権限を与えても良いかなと思っています。どうせ《審罰の左目》の力で私に逆らえないのですしね。

「（フランケルの遺産に【奈落《ならく》】の死霊術《ネクロマンシー》が、こいつの近くにいれば手に入るかもしれないでございますね……)」

「何か言いましたか？　ネビュラちゃん」

「え？　いえいえ、なにもございませんよ！」

「ふぅん……まあいいですけど」

王都を出発してから馬車やゲートを乗り継いで半日ほどでリベルタコリーナ学園に到着しました。

学園は広大な敷地を所有しており、閉鎖された空間の中に学園や寮、食堂などが全て完備されているそうです。

今回私が入寮する花牡丹《はなぼたん》寮も幾つかある生徒用の宿泊施設の一つで、広々とした自室の隣にはメイド用の部屋を、寮の隣には従者専用の住居《アパートメント》を整えています。

他居住者の部屋とも離れていてプライベート空間も確保されているので、遠慮なく様々な実験が出来そうですね。

このような快適な環境を手配してくれたのはアンナメアリです。

彼女には感謝しかありませんが、用意されていた部屋の内装やベッドなどの家具が全てピンク色のフリフリばかりなのが玉に瑕ですね。

さぁ、いよいよ明日は入学式です。

どんな出会いが、私を待っているのでしょうか。

30．入学式

迎えた入学式の日。

花牡丹寮を出た私は、ウルフェとネビュラちゃんを従えながら学園に向かいます。

たくさんの生徒たちの姿が見えてくると、今頃になって急に心臓がバクバクしてきました。

「大丈夫ですか？　もしかして緊張してらっしゃるのですか？」

「そそそそんなことありませんよ」

「お嬢様でも緊張することがあるんでございますね、ぷぷぷー」

「……ネビュラちゃんはあとでおしおきですね」

「そんな、ご無体なーっ!?」

あぁどうしましょう。

私、女の子と普通に話せるのでしょうか。

これまで話したことがあるのは、年上のお姉様のみ。前世も含めて同年代の女子とはまったく話したことがありません。

どんなことを話せば良いのでしょうか……アンデッドの話であれば寝ずに三日は話せるんですけどね。

ふと気がつくと、周りの視線がこちらに集まっているような気がします。なぜでしょうか。

「もしかしたら俺が獣人だからですかね。だとしたら俺はここにいない方がいいかもしれません。俺の存在がお嬢様にご迷惑をおかけするくらいなら、すぐに消えますので」

ウルフェを切り離す。それはつまりSSランク素体の〝レッドボーンスケルトン〟を手放すということを意味します。そんなことはありえません。

「ウルフェ、そのような悲しいことは二度と言わないでください。私があなたを手放すなんて、どんなことがあってもありませんわ」

「お嬢様……」

ウルフェが涙を流して喜んでいます。そんなにスケルトンになるのが嬉しいのですかね？

「たぶん騙されている気がするのでございますが……なにせお嬢様は腹黒……あいただだだっ!? お、お嬢様、許してくださいでございますぅ！」

余計なことは言わなくてよろしいですからね、ネビュラちゃん。

◆

校内に入るとウルフェやネビュラちゃんに別れを告げ、ここから先は私ひとりで入学式が行われる会場へ向かいます。

既にたくさんの生徒たちが入場していて、おとなしく席に座って式の開始を待っていました。

私も上級生らしき女生徒に誘導され、所定の場所に着席します。

入学式はつつがなく行われました。

学長の話によると、リベルタコリーナ学園は王国だけでなく周辺国も含めた貴族や有力者、大富豪もしくは極めて優秀な能力――ようはギフトを持つエリートのみが入学を許される、特別な学校なのだそうです。

15歳から17歳までの三学年で構成されており、ひと学年がおよそ百人、全校生は三百人ほど。

本人の希望や成績によって三つの学科に振り分けられるそうで、お嬢様育成を志す『エレガントコース』、魔法を極める『マジカルコース』、手に職をつける『マイスターコース』があるそうです。

私はもちろんエレガントコース一択ですね。フローラやアンナメアリも『エレガントコース』入りを熱望していましたし。

目指すは可憐な乙女ですわ、うふふ。

『わたくしたち新入生一同は、ここリベルタコリーナ学園で、先生方や先輩方からたくさんのことを学ばせて頂き――』

続く新入生代表挨拶では、綺麗な青髪の美少女が凛とした声でスピーチをしています。

「アナスタシア様、素敵……」

「さすがは帝国の第三皇女ですわね、気品と気高さが滲み出てますわ」

近くの同級生の話を聞いていると、挨拶をしているのはどこぞの王族のようですね。もっとも私のような陰のものにはきっと一生縁がないお相手なのでしょうけれど。

最後の在校生代表挨拶では、見事な金髪の美人が可憐な声で『ようこそリベルタコリーナ学園へ。わたくしたちはあなたがたを歓迎します』とスピーチしていました。

「生徒会長のカロッテリーナ様、本当にお美しいですわ」

「ああ、お姉様と呼ばせていただきたい……」

ただ彼女、どこか見覚えがあるのですよね。

一体どこで見かけたのでしょうか。


入学式を終え緊張が解けた私は、ひとまずトイレに寄ってから指定された教室に向かうことにします。

すーはー、すーはー。りらっくす、りらっくす。

大丈夫、転生した私ならきっと友達もできるはず。自己暗示もバッチリです。

ところが教室に到着してみると、既にいくつかのグループが出来上がっているではありませんか。

皆さんコミュ力高いですね……私も頑張ろうと決めていたのですが、さっそく出鼻を挫かれてしまいました。

ああ、私はなぜあのときトイレに行ってしまったのでしょうか。こんなことになるなら漏らしてでも我慢するべきでしたのに。

「今入ってきたあの子、どこのご令嬢かしら？　……すごく綺麗。あなたご存知？」

「存じ上げないわ。でもあんなにお美しいんですもの、きっとどこかのお姫様か上位貴族の令嬢よ。見て、周りには目もくれずに前を見て凛としてらっしゃるわ」

どこかに姫様がいるんですかね。興味はありますが、今の私には周りを見る余裕がありません。

……ああ、判りました。今日の私はきっと入学式で疲れ果ててしまっているのです。

疲れているのであれば周りの人に話しかける気力がなくても仕方ありませんよね。頑張るのは明日からにしましょう。

自分にそう言い聞かせると、窓際の目立たない席に座り、友達を作ることを放棄して教師が来るまでじっと前を見つめていました。

永遠にも感じられる待ち時間が過ぎ、ようやく教師が教室に入ってきたときには、本気で涙が出そうになりましたね。

「アルベルト剣爵家長女ユリィシア・アルベルトです。宜しくお願いします」

クラス全員の自己紹介があり、私の番が回ってきたので無難に話したものの、なぜか少し周りが騒《ざわ》めきます。

私、いきなり何かやらかしてしまいましたでしょうか。

「剣爵ですって、あの娘やっぱり低俗な家柄だったのね。品が顔に出てるわ」

「オルタンス様、声が大きいですよ！　聞こえちゃいますって！」

「あーらアタクシ、なにか言いまして？　オーッホッホ」

微妙な空気を変えてくれたのは、近くに座っていた巻き髪に釣り目の子の発言でした。おかげで私への注目が一気に弱まります。

自分が悪目立ちしてまで私のことをフォローしてくれた優しい彼女、名前は――オルタンスというのですか。ちゃんと覚えておきましょう。

……素体ランクがDと低く、適正アンデッドがグールなのが残念ですが。

「ガーランディア帝国から参りました、第三皇女アナスタシア・クラウディス・エレーナガルデン・ヴァン・ガーランディアです。皆さまと共に学び過ごせる日々を楽しみにしております」

新入生代表挨拶をした青髪の方――アナスタシアも同じ教室だったみたいですね。

なるほど帝国の皇女でしたか、どうりで気品があると思っていました。

挨拶と簡単なオリエンテーションが終わると、今日の予定は全て終了です。

なんだか疲れ果ててしまったので、さっさと寮に戻ろうと立ち上がりかけたところ――前方にある教室のドアが開いて、颯爽と入ってくる人の姿がありました。

えーっと、彼女は確か在校生代表挨拶をした生徒会長のカロッテリーナですね。

お供に綺麗なお姉様三人を引き連れて、つかつかと歩いてきます。向かう先は――あれ、私の前？

「あなたがユリィシア・アルベルトね」

「はい、そうですが……」

「貴女のことは弟から聞いているわ。わたくしとも仲良くしてくださいね」

弟？　はて、どなたでしょうか。

分からないですが、美少女と仲良くなるのに断る理由などありません。

「はい、よろしくお願いします」

「……弟が執着するのも分かるわね。変な虫が付かないように見張ってろって言われたもの、ふふふっ」

カロッテリーナは金髪をサラッと靡かせると、私の前から立ち去ります。

どうやら私に声をかけてくれたのは何かのついでだったようですね。次に向かったのはアナスタシアの前でした。

「お久しぶりですね、アナスタシア」

「あらカロッテリーナ様、わたくしより先に他のお嬢様のところに行くんですもの。ちょっと妬いてしまいましたわ」

「うそおっしゃい。【帝国の蒼薔薇姫】と呼ばれる貴女がその程度のことで妬くもんですか」

ふふ、ふふふっ。美少女同士が見つめあって微笑んでいます。実に絵になる景色ですね。

「……ところでアナスタシア、貴女『メントーア』はもう決まってまして？」

「わたくしは本日入学したばかりですのよ、決まってるわけがありませんわ」

「でしたら、もし良かったらわたくしがあなたのお姉様を務める、というのはどうかしら」

「あら光栄ですわ、カロッテリーナお姉様」

ふたりの発言を受けて、教室内が一気に騒めきます。

「うわぁぁ、決定的瞬間に立ち会ってしまいましたわ！」

「前々から噂はされてましたが、やはりアナスタシア様のお姉様《メントーア》はカロッテリーナ様でしたね」

「きゃー、すてきー！　あのふたりならすっごくお似合いですわ！」

めんとーあ？　彼女たちはいったい何の話をしているのでしょうか。私にはサッパリ分かりません。

31. お友達

それにしてもあの金髪美女は何者だったのでしょうか。弟というのにも心当たりがありませんし。

私の疑問に対する答えを持っていたのは、意外にもネビュラちゃんでした。

「そのお方はリヒテンバウム王国の第一王女カロッテリーナ姫でございますね。今年の生徒会長でございますよ」

「お姫様っぽいと思っていたら、正真正銘のお姫様でしたか。でも弟って誰のことでしょう」

「お嬢様、本気で仰っているでございますか？　カロッテリーナ姫の弟といえばジュリアス・シーモア王子のことでございましょう」

ああなるほど、どうりで見たことがあると思ったわけです。

デジャヴの原因はシーモアの血縁だったからでした。

「カロッテリーナ姫は正妃の娘でございますから、ジュリアス・シーモア王子とは腹違いの姉弟ということになるでございますね」

「なぜネビュラちゃんはそんなに詳しいのですか？」

「例の呪いをかける際の、候補のひとりに挙げていたからでございますよ」

「……へぇ」

色々と情報を持ってて役に立つネビュラちゃんですが、学園内ではウルフェ共々別行動になります。

「ウルフェ殿は執事育成カリキュラムに、ボクは侍女育成プログラムに参加することになるでございますからね」

「仕方ありませんね。ちゃんと友達を作るのですよ」

「ふっ……」

なんですかね、その余裕と哀れみの入り混ざった瞳は。

私だって本気を出せば友達のひとりやふたりくらい簡単に出来ますからね？

◇◇

翌日から学園での授業が始まりました。

友達はできるでしょうか。たくさんできちゃったらどうしましょうか。

私のささやかな期待は、初日で脆くも崩れ去ることになります。

なぜなら――誰も私に話しかけてきてくれなかったからです。

既に私の周りでは、女の子同士がきゃっきゃ言いながらどんどんグループを作っています。

前日の出遅れを取り戻せないまま、私は完全に取り残されていました。

ぼっちです。ええぼっちですよ。

生まれ変わっても、やはり私はぼっちなのです。

いったい何がいけなかったのでしょうか。

いや、本当は何をすれば良いのかなんてわかっています。

自分から話しかければ良いのです。実に簡単なことなのです。

ですがその簡単なことが、私にとっては死霊術《ネクロマンシー》よりも難しいのです。

なにせ……何を話せば良いのかわからないのですから。

私が話せることといえばアンデッドと死霊術《ネクロマンシー》の話くらい。私からアンデッドネタを取ってしまうと何も残りません。

今日はいい天気ですね。ご機嫌いかがですか。今日の朝は何を食べましたか。

あと……あと……うーん、うーん……なにも出てきません。

やはり友達を作るなどということは、私にとっては難易度が高すぎたのでしょう。

もともとの計画に無理があったのです。

「今日のお昼にアナスタシア様とカロッテリーナ様が、中庭で正式に姉妹《メントーア》の誓約《リアゾン》をなさったのよ」

「本当に素敵だったわぁ、まるで物語の一場面みたいでしたもの」

私とは対照的に、帝国の皇女であるアナスタシアは噂の的です。今もたくさんの女生徒たちに囲まれてチヤホヤされています。

なんと羨ましいのでしょうか、私もあんな感じで女の子たちに囲まれてみたい……。

ところで例の意味不明な単語がまた出てきましたね。

めんとーあ、ですか……今夜にでもネビュラちゃんに聞いてみましょうかね。

「ふんっ。あなた、ずっと外ばかり見てますのね。ずいぶんと変わってますこと」

いきなり声をかけられて慌てて横を向くと、立っていたのは吊り目の少女。この方は——。

「アタクシは侯爵令嬢のオルタンスよ。あなた剣爵家なんですってね。なぜあなた程度の家柄のものが、偉大なるリヒテンバウム王国の第一王女であるカロッテリーナ姫にお声をかけてもらえたのかしら？」

先日もフォローをしてくれたオルタンスが、またしても私に色々と話しかけてくれます。

「あの……その……」

「どうしたのかしら、理由も話せないの？　それともアタクシが侯爵令嬢と聞いて恐れ慄《おのの》いているのかしら？」

同年代の女の子とまともに話したことがないので、緊張のあまり言葉が出てきません。

「まぁ己の格が分かっているのであればそれに越したことはありませんわ。その程度の格の家柄なら、これ以上出しゃばらないことですわね。さっさと長いものに巻かれるのが得策ですことよ、オーッホッホッホ！」

何も話せない私に痺れを切らしたのか、オルタンスは大きな声で笑いながら自分の席に戻っていったのでした。

◇◇

「……ということで、オルタンスはどうやら私のことを心配して声をかけてくれたみたいなのですよ。これはもう完全にお友達と呼んで差し支えないですよね？」

「は、はぁ……」

「すごいでしょう、たった一日で私にもお友達が出来たんですからね。ふふん」

「それ、絶対違うと思うのでございますが……」

私が嬉々として今日の出来事をネビュラちゃんに話すと、なぜだか呆れ顔で切り返されてしまいます。

「ふん、何を言いますか。アンデッドのあなたに何が分かるというのです」

「少なくともボクのほうがお嬢様よりは他人とコミュニケーションを取れているでございますよ」

「コミュニケーションは量より質なのです！」

ちょっとムキになって言い返すと、ネビュラちゃんはわざとらしく「はぁーっ」と大きなため息をついて研究に戻っていきました。

ふんっ。言い負かされたからって不貞腐れるとは、ずいぶんと失礼な子ですね。

幸先の良いスタートを切って、私は自信を取り戻し始めました。私の学園生活もどうやら明るいものになりそうですね。

ふふん、見ていらっしゃい。

きっと友達100人作ってみせますわ！

32．お姉様《メントーア》

ところが……学園が始まって半月ほどが経過したにも関わらず、まったく友達が増えませんでした。

ときどきオルタンスが「低位貴族は大人しくしてることね！」と親切にも注意してくれるのですが、なぜか他の女生徒たちは誰も私に話しかけてくれないのです。

はぁ……困りました。他の人と仲良くなる良い手はなにか無いのでしょうか。

「――こんにちわ、ユリィシア・アルベルト剣爵令嬢さん」

「はっ!?」

いつのまにか隣の席に座っていたのは、流れるような濃い青髪の美少女――帝国皇女のアナスタシアではありませんか。

学園でもトップクラスの人気者であり、いつも周りを令嬢たちに取り囲まれてクラス内の頂点に君臨するアナスタシアが、最底辺にいるぼっちの私に声をかけてきたのです。

「やっとお話できて嬉しいわ。わたくしはアナスタシア・クラウディス・エレーナガルデン・ヴァン・ガーランディア。親しい人はアナって呼んでますわ」

「はぁ……」

「あなたのことは色々な人から聞いているの。わたくしの『お姉様《メントーア》』であるカロッテリーナお姉様や、ジュリアスからもね」

出ましたね、謎単語『めんとーあ』。そういえばネビュラちゃんに聞くのをすっかり忘れていました。あとジュリアスって誰でしたっけ、最近聞いたような……。

「実はわたくし、今度ジュリアスと婚約する予定ですの。そういう意味でカロッテリーナお姉様は本物の義姉になる予定だったりしますのよ、ふふふっ」

あぁ、やっと誰だか分かりました。ジュリアスとはプラチナムエクトプラズマロイヤルレイスの素体であるシーモアのことですね。

「アナスタシア様はシーモアの婚約者なんですね。おめでとうございます」

「あら、あなたはわたくしたちのことをお祝いしてくださるの？　嬉しいわ。ジュリアスってば、いつもあなたの話ばかりするんですもの」

「私のことを、ですか？」

「ええ。詳しくは教えてくれないのですが、あなたに人生を救われた。すごく感謝してるって」

別に、優秀な素体を確保するためにやったことですからね。

「大したことはしていませんわ」

「まぁ、謙虚ですのね。さすがは聖女フローラ様のお嬢様ですわ」

美少女に面と向かって褒められると悪い気はしません。なんだか照れてしまいます。

「……ユリィシアは、わたくしがジュリアスと婚約してもお嫌じゃなくて？」

「嫌、ですか？　別に、特には。シーモアが誰と結婚しようと気にしていませんわ」

最終的には素体を提供していただければ、その過程はさほど問いませんので。

「……ジュリアスはあなたに自分のことをシーモアと呼ばせているのね。わたくしには呼ばせてくれないのに……まだ正式に婚約が確定していないからなのかしら」

「どうでしょうか、単に気が向かないとか？」

「王族の結婚は感情ではできないわ。国と国との思惑でするものよ、ユリィシアもそう思いませんこと？」

ぐっと顔を近づけてくるアナスタシアにドキドキしてしまい、つい上の空で返事を返します。

「ええ、そうなのかもしれませんね」

「……ユリィシア、あなたはとっても素敵な子ね。ふふふ、あなたとはとても良いお友達になれそうですわ」

「光栄です、アナスタシア様」

「あら、あなたは私のことをアナって呼んでくれないのかしら？」

いきなり美少女相手に愛称呼びですか。元コミュ障にとってはハードルが高すぎやしませんかね。

「わたくしもジュリアスの真似してあなたのことをユリィって呼びたいのに……でも今は焦らないわ。また今度ゆっくりお話しさせてくださいね」

「あ、はい」

アナスタシアと話していると、周りの目線が一気に集中します。やはりアナスタシアとお友達になるのは色々と敷居が高そうですね。

「あ、ところでユリィシアはまだどなたとも〝姉妹《メントーア》〟の〝誓約《リアゾン》〟をなさってないのですのよね？　あなたのことを深く知れば、きっと上級生の誰もがあなたとリアゾンしたいと思うに決まってますわ」

「はぁ……ありがとうございます」

で、その『めんとーあ』で『りあぞん』って何なんですかね？　いい加減ネビュラちゃんに確認した方が良さそうですね。

アナスタシアが立ち去ったあとはまたいつもの日常に戻りましたので、ぼっちの私は仕方なく今日もひとりで昼食を食べることにします。

ここリベルタコリーナ学園では、様々な形で昼食の場が提供されています。

多くは共同の食堂で食事を取るのですが、上位貴族の方だけが入ることができる特別なリストランテもあるそうです。

食堂でぼっちになるのは本当に辛いので、普段の私はパンやサンドイッチを手に、外でひとりで食べることが日課になっています。

今日買ったサンドイッチを手に向かうは、昨日発見した素敵な場所《スポット》――墓地。なんとリベルタコリーナ学園内に墓地があったのです。

あぁ、なんという淀んだ空気。

ここの墓地は聖職者によってきちんと聖別されていないので、なにかきっかけがあれば簡単にアンデッドが生まれそうです。素晴らしい隠れ癒し墓地になるでしょう。

私はめいっぱい空気を吸い込みます。

あぁ、なんという禍々しさ。

これこそザ・墓地という感じですね。ですが墓地でぼっちとは、これいかに。

「チュンチュン」

「あら、こんにちわ」

今日は小鳥さんが私のサンドイッチをついばみに飛んで来ました。

実はあまり知られていませんが、小鳥はアンデッドとしては素晴らしい資質を持った素体です。

骨が弱すぎてスケルトンには向いていませんが、ミイラ化してしまうと小回りが利いて偵察などに有能なディッキー・ミイラとなります。アンデッドランクはさほど高く無いのですが、前世では聖女や聖職者の追跡を警戒するときなどに非常に重宝していました。

「餌をお食べ。さぁこれであなたとの契約が成立しましたからね」

「チュンチュン」

小鳥を野に解き放ったときに、なにやら近くの木々が揺れる音がしました。もしかして小動物でもいたのでしょうか？

あぁ、リスやネズミなどの小動物もアンデッドとしては優秀ですね。

陸のミイラマウスと空のディッキーミイラ。両方揃えるとかなり万全の体制と言えます。今度はぜひネズミさんも餌付《ゲット》けするとしましょう。

教室に戻ると、わざわざ私のことを待ってくれていたらしいオルタンスが話しかけてきてくれました。

「ちょっとあなた、アナスタシアと何か話してたわね。あなたも帝国のスパイなの？」

「たしかにお話ししていましたが、私はスパイなどではありませんよ」

「だったら気をつけることね。アナスタシアは危険よ。なにせ帝国の皇女、この国をスパイしに来たのに違いないわ」

どうやらオルタンスは私に色々と教えに来てくれたようですね。

「お気遣いありがとうございます。オルタンスは優しいのですね」

「ちょ、誰が優しいのよっ！　それに剣爵令嬢ふぜいが勝手にアタクシのことを呼び捨てにしないでくれる?!」

「はい、失礼いたしましたオルタンス様」

「な、なんで微笑みながら返してくるのよ?!　嫌みなの!?」

嫌み？　単に嬉しいだけなんですけれども。

だってお友達に間違っていることを指摘されるなんて、素晴らしいことだと思いません？

「……あなた調子狂うわねぇ。まあいいわ、アタクシは忙しいからもう行くわね。あぁ、早くアタシも素敵なお姉様とメントーアのリアゾンしたいですわ」

また出ました。めんとーあとりあぞんする。

いいかげん聞いてみましょうかね。オルタンスはお友達なのできっと教えてくれるはずです。

「あのー、それはどういう意味なのでしょうか？」

「あなた、この学園にいてそんなこともご存知ないの!?　〝メントーア〟とは、この学園における重要な隠し制度よ」

なんと隠し制度だったのですね。どうりでぼっちな私が知らないわけです。

「この学園では上級生が下級生に様々な指導をすることが許されていますわ。その際、とても良好な関係性になった先輩後輩に限って、特別な契約を結びますの。それを『姉妹制度《メントーア》』というのよ」

ほほぅ、そうなんですか。

「このメントーア制度では、上級生と下級生が〝姉妹の契り〟を結ぶの。これを『契約《リアゾン》』と言うわ。このリアゾンを結んだ場合、下級生は上級生を姉――すなわちお姉様《メントーア》として慕い、姉も妹のために尽くすことを求められるのよ」

「ほうほう」

「上級生が気に入った子と契約《リアゾン》することで成り立つ特別な関係、それがメントーア制度よ。もっとも、必ずしも全ての生徒がメントーアのリアゾンを結ぶわけではないのですけどね」

なるほど、意味がわかりました。簡単に言うと師弟制度みたいなものですね。

しかし、私なんかとリアゾンしてくれるような奇特な方がいるんでしょうか……。

私みたいなコミュ障のぼっちからすると、師匠の【奈落《ならく》】みたいにボケて会話もろくに出来ないような相手でない限り、成立は難しそうです。

「まぁあなた程度の格の人間だとなかなか叶わないかもしれませんけどね。ですがアタクシは違います。ぜひともエドゥアール様のような大人っぽくて素敵な方とメントーアのリアゾンしたいですわね」

エドゥアール……これまた聞いたことのない新しい名前が出てきましたね。オルタンスの口ぶりから、おそらくは先輩なのだと思われますが――。

「きゃーーーーっ!!」

突如、教室にいた他の生徒たちが黄色い声を上げます。

颯爽と教室に入ってきたのは、凛々しく引き締まった表情の美少女です。

「きゃー、素敵！【英霊乙女《えいれいおとめ》】エドゥアール様ですわ！」

「わずか12歳にして聖女認定された素敵なお方なのよね、なんて凛々しいの！」

聖女？　今、なにやら聞き捨ててならない単語が聞こえたような……。

「うわっ、エドゥアール様じゃない!? まさかエドゥアール様がアタクシのお姉様にわざわざなりに来てくださったのかしら？」

なにやら身悶えるオルタンスをスルーして、エドゥアールはなぜか私の前に立ちます。

「……君がユリィシア・アルベルトだね？」

「はぁ、そうですが」

「ワタクシは二回生のエドゥアール・ローズマリー・サウサプトン。君の『メントーア』となる予定のものさ」

メントーア？ あ、今聞いた『お姉様』というやつですね。

この人がわざわざ私のメントーアになってくれるというのでしょうか？ いったいなぜ？ 今日初めて会ったのに？

「そんなに緊張することはない。君の祖母は枢機卿のスミレ様なのだろう？ ワタクシも同じさ、祖父が枢機卿をしている。【黄金猊下《おうごんげいか》】エルマイヤー・ロンデウム・サウサプトンをご存知かな？」

当然、知りませんが。

「まあいい。そのお爺様から聞いてるが、君は聖女候補だったそうだね」

「何かの間違いです。私は聖女候補などではありません」

「それを決めるのは君ではない、聖母教会の認定聖女であるこの【英霊乙女《えいれいおとめ》】エドゥアールさ」

えっ？ 彼女は聖母教会の認定聖女なのですか。

私の前世からの天敵ではありませんか。まさかこのような場所で出会うことになるとは。

「君が清く正しい聖女となれるよう、このワタクシが姉として直々に導こうではないか。だから君はワタクシとメントーアのリアゾンしたまえ！」

ビシッと私を指差しながらポーズを決めるエドゥアール。

きゃーすてきー！　おねーさまー！　とクラスメイトたちの声が湧き上がります。

「既に教会側には許可を取っている。だから案ずることはない、安心してワタクシのことをお姉様とお呼びなさいユリィシア！」

そんなエドゥアールの申し出に、私は――。

「えーっと、お断りします」

即答で却下です。

だって、聖女がお姉様《メントーア》なんて……そんなのあり得ないんですもの。

33. 私の初恋

私はかつて初恋をしていました。

そのお相手は――〝いにしえの大聖女〟。

王都の聖母教会に飾られていた、大聖女の像。母性溢れる表情に、魅惑的な聖なる双丘。

初めて見た私は、一目で彼女に恋に落ちました。

私は初恋を叶えるために死霊術《ネクロマンシー》を学び、ついには聖女が眠る墓地に忍び込んで彼女を蘇らせます。

その結果、生まれたのが――理性も何もなく、ただの亡者と化した大聖女のアンデッドでした。

完全に制御不能となったアンデッドの大聖女を、私は最終的に諦めて手放すことになります。私の身に危険が差し迫ったからです。

力があまりに強大なうえ、言うことを一切受け付けない。

聖魔法も死霊術《ネクロマンシー》も一切効かず、周りの生者不死者問わず全て滅ぼそうとする。

端的に言うと私より強かったのです。

結局、彼女は私の元を離れると、そのままどこかに旅立ってゆきました。

以後、彼女がどうなったのか私は存じておりません。

どこかの村を壊滅させたとか、森を一つ滅ぼした、神都で大暴れしたなどと風の噂では聞きましたが、神出鬼没でとんと行方が知れなくなってしまったのです。

ですがそれ以来、聖女という存在は私にとってのトラウマとなってしまいました。

実際、大聖女をアンデッド化させた報復として十人もの聖女に追われましたし、最終的に私を討伐したのもフローラという聖女でしたからね。

以来、たとえ相手が美人であろうと——聖女という存在はちょっと受け入れることができないのです。

なので今回の申し出はキッパリとお断りしました。

がしゃーーん。私が答えたとたんエドゥアールが盛大に机を倒しながら崩れ落ちました。

驚いた表情のオルタンスが慌てて彼女に駆け寄り、抱き起こしながら私に声をかけてきます。

「ちょ、ちょっとあなた！　エドゥアール様の姉妹の契りのお誘いを断ろうっていうの？　聖女様直々のお誘いですわよっ!?」

聖女は私の天敵なのです。いかにオルタンスに言われようと、エドゥアールが凛々しく美しい女性だとしても、聖女に対するトラウマは払拭できないのです。

「……ユリイシア、君はワタクシの誘いを断るというのかい？　齢《よわい》12歳にして聖女認定された、この【英霊乙女《えいれいおとめ》】エドゥアールの誘いを？」

「はい、お断りします」

「ありえない」

私の回答を受けて、なにやら頭に手を当てて悩ましげなポーズを決めるエドゥアール。いちいち芝居がかっているように感じるのは私の気のせいでしょうか。

「ま、まぁいい。君も急に言われて混乱しているんだろう。ああ、そうに違いない」

「そんなことありませ——」

「ユリィシア、君に少し考える時間を与えよう。その上でもし気が変わったのなら、二回生のエレガントコースに来るといい。君はたぶん――いやきっと来るだろう。期待して待ってるよ」

エドゥアールはスッと立ち上がると、華麗なステップを踏んでスタスタと立ち去ってしまいました。

エドゥアールが教室からいなくなった瞬間、オルタンスが血相を変えて私に詰め寄ってきます。

「ちょっとあなた、わかってるの!?　相手は聖女様よ!?　エドゥアール様よ!?　彼氏にしたい生徒ナンバーワンで、カロッテリーナ様のお相手ランキング1番人気のエドゥアール様ですのよ!?」

えーっと、彼氏って、ちょっと意味がわからないのですが……。

「なんで断るのよ！　断るくらいならアタクシに権利を譲りなさいよ！」

「はい、それで良いですよ」

「えーー!?　ちょっと本当に譲るの!?　あなた何考えてますの!?」

「だって……私にはオルタンス様の方が大切ですもの」

私の言葉にオルタンスは一瞬固まると、すぐに顔を真っ赤にして横に逸らします。

あら、なかなかかわいい仕草をなさいますのね。

アナスタシアのような美少女も大好きなのですが、オルタンスのような一見きつそうな感じの女の子が照れる様子も悪くないですね。

「そ、そんなふうに言われたからってアタクシは騙されませんからねっ！」

オルタンスは顔を真っ赤にしたままそう言い放つと、スタスタと帰ってしまいました。

私はついニコニコしながら彼女に手を振ります。

「だーかーら、なんでアタクシに手を振るのよっ！」

◇

その日の夜。ネビュラちゃんに今日の出来事を話しながら彼——いいえ彼女の淹れた紅茶を飲んでいると、激しく扉を叩く音と共に血相を変えたウルフェが部屋に飛び込んできました。

「お嬢様、お気をつけください！　ここには憎っくき帝国の娘がおりまする！」

「帝国の娘？」

「ええ、帝国の第三皇女アナスタシアですよ！　帝国は我が故郷を滅ぼした大敵です！」

ウルフェはこれまで一度も過去のことは口にしなかったのですが、どうやらまだ恨みを持っていたようですね。

恨みを持ち続けているのはよくありません。恨みなどの邪念は、アンデッド化するときに歪みを生み、制御不能に陥ってしまうリスクを生じさせるからです。

……仕方ありません、素体ケアのために少しお話をするとしましょうか。

「ウルフェ。彼女のことを気にする必要などありませんよ」

「えっ!? そ、それはなぜです？」

「たしかにあなたは帝国に恨みがあるかもしれません。ですが、彼女はただそこで生まれ育っただけ。直接的には関係はありませんよね？」

「た、たしかにそうですが……」

「ウルフェにとっては辛い出来事だったかもしれません。ですがその過去があって、私たちは出会うことができたという事実を忘れてはいけません」

「うっ！」

ウルフェとの出会いが、私の転生後の死霊術士《ネクロマンサー》としての第一歩だったと言っても過言ではありません。

以降何人もの優秀なアンデッド素体と出会い、キープすることができたのですからね。

「そもそも過去の恨みなど抱えていても、なにも良いことはありません。さぁウルフェ。あなたは過去と決別するのです。そして――私と共に新たな道を歩みましょう」

「お嬢様……」

もちろん、我が【不死の軍団《ヘルタースケルター》】の一員たる、SSランクアンデッドのレッドボーンスケルトンとして、ですけどね。

私の言葉に、ウルフェは深々と頭を下げます。

「……ありがとうございます、さすがでございますね。お嬢様の志の高さにこのウルフェ、感服いたしました」

「わかっていただけたのでしたら良いのですよ。さぁ、今日は部屋に戻っておやすみなさい。明日も授業があるのでしょう?」

「ありがとうございます……」

どうやらウルフェは納得してくれたようで、涙を流しながら従者用の宿舎へと帰って行きました。

さ、これで一つ問題は解決ですね。

「……これは計算なのでしょうか、それとも天然?」

「ネビュラちゃん、何か言いましたか?」

「い、いいえ! なんでもございません、お嬢様!」

さて、問題は聖女エドゥアールのほうです。

メントーアを断るのは簡単なのですが、なんとなく執念深そうですし……聖女のしつこさは前世で嫌というほど味わいましたからね。

あぁ、何か良い手はないものでしょうか。

34. 私のお姉様

リベルタコリーナ学園での授業は、最初のうちはオリエンテーション——学校の制度や設備などの説明が中心でしたが、徐々にちゃんとした淑女になるための授業も始まりました。

そして一ヶ月後には舞踏会デビューが控えています。

入学後しばらく経った頃に開催される、新入生徒たちを歓迎する舞踏会。私たちが初めて社交の場に出るこの会を『デビュタント』といって、大々的に人を集めてお披露目するのだそうです。

「ユリィシア、デビュタントまでには素敵なお嬢様になっているのよ！」

「ユリィシアちゃん、あなたのデビュタントは絶対見に行きますからね！」

出発前にフローラとアンナメアリから熱く伝えられたことを今になって思い出します。

ふたりの目が真剣で怖かったというのもありますが、立派な淑女を目指す私としてもデビュタントは外すことの出来ない大事なイベントです。

学園の授業も、徐々にマナーや口調、姿勢、ダンス講義などのデビュタントに向けた講座が中心となっていきます。

実は私、マナーについてはフローラやアンナメアリ、レナユナマナたちにみっちり鍛えられてるので、それなりにこなせる自信があるのです。もう私は、ただの引きこもりではないのですよ。ふふふ。

デビュタントの準備と並行して、ごく簡単な魔法の授業なども始まりました。

内容としては、淑女としてのたしなみ程度の軽い魔法――たとえば寝癖を直すために髪を湿らせる水魔法ですとか、ほのかに良い香りを飛ばすための風魔法といった実用的なものを教えていただけるのですが、こちらについてはやはり――私は全く適性を持ち合わせていませんでした。

「あーら、ユリィシアはその程度の魔法も使えませんのね！　なのにエドゥアール様のお誘いをお断りして……あなた恥ずかしくないんですの？」

「どうも私には魔法適正がないようですね。お気遣いありがとうございます、オルタンス様」

「お気遣いなどしておりませんし！」

さすがに声をはりあげすぎたのか、他のクラスメイトたちから注目を浴びて、オルタンスはふんっと息を吐くとそのまま席に戻ってしまいました。

やはりオルタンスは心優しい子ですね。自分が目立ってしまうことも厭わず、私のために真剣に声を出していろいろと指摘してくださるなんて。

……アンデッド適性がグールなこと以外は特に欠点など見当たらないくらい良い子なんですけどね。

◇

今日もランチは墓地です。

メニューはパンにしました。リスやネズミを寄せるには、千切ることができるパンがベストだからです。

パラパラとパンをあたりにばらまきながら様子を見ていると……がさがさっ。

うふふ、どうやら来たようですね。

「きゃっ?!」

ところが茂みの中から出てきたのは、ネズミではなく大きな生き物――いいえ、頭や服に葉っぱをつけ、メガネをかけた女子生徒でした。

あのスカーフの色は……たしか二回生のものでしょうか。

「あなたは……」

「ごめんなさい、覗き見たいなことをしてしまって！　あなたがあまりに綺麗で……つい見とれてしまったの。あたしは二回生のキャメロン・ブルーノよ」

「初めまして、私は一回生のユリィシア・アルベルトです」

私が挨拶すると、キャメロンはメガネの下の大きな目をぱちぱちしたあと、慌てて服についた葉っぱを手で叩き落としました。

一つ一つの動作がなんとも可愛らしい女の子ですね。

しかも彼女、よく見るとふっくらしていて実に素晴らしい双丘《もの》をお持ちではないですか。

「あの……もしかして、昨日もそこで見てらっしゃいました？」

「あ、気づいてた？　そうなの……こんなところに来る人があたし以外にいて、しかもすっごい美少女だったものだからつい……悪気はなかったの、ごめんなさいね」

「謝る必要なんてありませんわ。むしろ気が合いそうですね」

墓地にいるということは、もしかしてキャメロンはアンデッドが好きなのでしょうか？

「ち、違うのよ。あたしはここに逃げてきただけなの」

「逃げて？」

「ええ。実はあたしは……落ちこぼれなの。しかもお友達もいなくて、なにせこんなに太っちょで可愛くないし……だから教室に居場所がなくてね。あなたのような天使みたいに綺麗な子とは全然違うのよ」

「そんなことないと思いますけど」

「お世辞は……いいわよ」

「お世辞ではありません」

なにせ私にとっては、ふくよかな双丘の持ち主でしかも普通に話しかけてくれるだけで女神に等しい存在なのです。

なぜそんな相手を厭わなくてはいけないのでしょうか。いいえ、決してありえませんわ。

むしろキャメロンには不思議な安心感さえあります。

あの素晴らしい肉感と包容力、ぜひ一度包まれてみたいものですね。

「でも、あたし才能もなくて……どのコースにも入れなかったの」

キャメロンの話によると、実はエレガントコース、マジカルコース、マイスターコース以外に、世間ではほとんど知られていない第四のコースというのがあるのだそうです。

「あたしが今いるのは……ステップコース。みんなは落第コースと呼んでいるわ。実はうちの学年でステップコースはあたししかいなくて……本当に恥ずかしい」

へぇー、そんなコースがあったのですね。知りませんでした。

自分のことを落第組だというキャメロン。

彼女のアンデッド適性がどんなものなのか気になったので《鑑定眼《アプレイズアイ》》で見てみることにします。

実を言うと、ここリベルタコリーナ学園に来てから、なかなか良いアンデッド素体が見つからずにちょっとがっかりしていました。

期待していたアナスタシアやカロッテリーナでさえ、Aランクのロイヤルスペクター止まりでしたからね。

――**キャメロン・ブルーノ**――

年齢：**16歳**
性別：**女性**
素体ランク：**B**
適合アンデッド：
ゴースト（E）……97%
スペクター（C）……89%
バンシー（B）……63%

ふむ、悪くはないですね。

一応Bランクのバンシーがあるので、学園の中では良い方の部類ではないでしょうか。落第クラスにいるのが不思議なくらいです。

とはいえ、このレベルであれば特にキープなどする必要のない、比較的ありふれた素体でしかありません。

普段の私なら、特別注目することなどなかったでしょう。

ですが――なんでしょうか、妙に彼女のことが気になるのです。

もちろんふくよかな双丘の持ち主だというのもありますが、それだけではありません。

自信なさげな表情におどおどとした仕草。人の目を見ない話し方。自らを蔑む発言の数々――。

なるほど、理由がわかりました。

彼女には私と同じ匂いを感じるのです。

「あたし、才能が無いみたいなの」

そう言って下を向いて俯くキャメロンの姿が、以前の私の姿と重なります。

容姿が優れないと落ち込んで、他人からも厭われて、周りが離れていって……やがてぼっちな死霊術士《ネクロマンサー》になってしまった哀れな過去《じぶん》と――。

だからでしょうか、どうしても彼女に伝えたくなったのです。

「才能なんてもの、関係ありません」

「……えっ？」

「だってあなたは、とっても素敵な女の子なんですもの」

そう、キャメロンはまごうことなき女の子なのです。

女の子というだけで、私にとっては神のような存在と言えます。

その神が――暗い顔で落ち込んでいる姿など見たくありません。

そもそもキャメロンは16歳とは思えないほどの素晴らしい双丘《こせい》を持っているではありませんか。

「そんな……あたしなんか……」

「あたしなんか、なんてことはありません。あなたはあなたなのです。それに、あなたにもきっと磨けば光るものがあります、あるはずです。ただ――あなたはその光から目を逸らしているだけではないのですか？」

「っ!?」

ただでさえ女の子は、女の子であるだけで素敵なのです。

しかもキャメロンは、他人にも誇れる素晴らしい武器《ばいんばいん》も持っています。

あなたは決して自らを蔑むような存在ではないのです。

「で、でも……あたしは……」

「だからお願いです。そんなに暗い顔をしないでください」

「あ、あぅ……」

再び俯くキャメロンに、私はなんとも言えない気持ちになって――気がつくと『祝福の唇』を彼女の頭頂部に落としていました。

唇が触れた途端、驚きの表情を浮かべるキャメロン。

「えっ……ふぇ!?」

「これはほんのおまじないです。だから自信を持って、前を向いてください」

「ほ、本当に？　あたしなんかが……自信を？」

「ええ、大丈夫です。この私が保証します」

私の言葉を受けて、キャメロンの表情が僅かに変わりました。

次の瞬間――いきなり右目に襲いかかってきた閃光に、私は思わず右目を塞ぎます。

なぜならキャメロンの顔が、突然眩しく輝き始めたからです。

「えっ⁉　これは……」

「ユリィシア、どうしたの？」

ですが眩しいと感じたのは私の右目だけであることに、すぐ気づきます。もしかしてこれは……《鑑定眼《アプレイズアイ》》が見せている光なのでしょうか？

過去に起こった同様の事象が連想されます。

それは――アレクが《勇者の光》に覚醒したとき。

慌てて再度キャメロンを鑑定すると、右目に映し出された情報を見て――私は言葉を失いました。


――**キャメロン・ブルーノ**――

年齢：**16歳**
性別：**女性**

素体ランク：B → A（Up!!）
適合アンデッド：
ゴースト（E）……97％
スペクター（C）……89％
バンシー（B）……63％
？？？？？？？（SS）……1％（New!!）

なんということでしょう！

私の《鑑定眼《アプレイズアイ》》はアレクの覚醒以降に機能が強化され、成長の可能性や見込みのある素体の情報を見られるようになりました。

そして今回、キャメロンの隠されたSSランクアンデッドとしての素質を見出したのです！

あぁ、この出会いは運命でしょうか。

これほど貴重なSSランク素体を絶対に逃すわけにはいきません。

なんらかの契約を締結して確保しなければ――契約？

あぁ、そういえばちょうど良いのがありましたね。

「そうですわ、ひとつお願いがあります」

「は、はい……なんでしょうか？」

「私の――お姉様《メントーア》になってもらえませんか？」

次の瞬間、キャメロンの表情が一気に凍りつきました。

35．ユリィのスペシャルトレーニング

「あ、あたしがユリィシアのお姉様《メントーア》!?　そそそそんなの無理よっ!?」

私の渾身の申し出は、なぜか慌てふためくキャメロンからあっさりとお断りされてしまいます。

「どうしてダメなのですか？」

「だってあなた、ものすごい美少女じゃない！　そんなあなたのお姉様《メントーア》に、あたしみたいな落ちこぼれがなるなんて無理に決まってるわ！　きっと他の人からものすごく白い目で見られるもの。あたしだけでなく……あなたもね！」

はて、意味がわかりません。

「他人の目など関係ありません」

「えっ？」

「私は他でもない、あなたが良いと言っているのです」

「っ?!」

キャメロンが顔を真っ赤にしてぼんっと湯気が出ます。なんだか可愛らしい人ですね。

「で、でもダメよダメ！　そもそもユリィシアみたいな素敵な人だったら、きっともっとお似合いのお姉様がいるはずだわ。たとえば三回生のカロッテリーナ姫様とか、二回生のエドゥアール様とか……」

「エドゥアール様のお誘いはすでにお断りしています」

「ぶっ!?」

ちょっと、いきなり吹き出さないでくださいまし。

「えええええエドゥアール様のお誘いを、おおおおお断りした!?　全生徒の憧れのお姉様《メントーア》候補トップスリーに入る、現役聖女様からのお誘いを!?」

「ええ、そうですが」

「しかもエドゥアール様を断った上で、あたしにお姉様《メントーア》になってほしいと？」

「はい、そう申し上げております」

「どっひゃーー!!」

キャメロンは泡を吹き出しながら仰向けにぶっ倒れてしまいました。そんなに驚くようなことなのでしょうかね。

ですがすぐにキャメロンは息を吹き返すと、上半身を起こして今度はガタガタと震え始めます。なかなか忙しい人ですね。

「あわわ……エドゥアール様からの姉妹《メントーア》のお誘いを断った人が、あたしの妹に!? ……殺される。きっと殺されるわ」

「姉妹《メントーア》制度とは命がけのものなのですか？」

「い、命がけじゃないけど精神的にあたしはみんなから抹殺されるわ。どうしよう……あ、もしかしてこれってドッキリ？ あたしを騙して周りでみんなが見てるとか？」

「……私の気持ち、信じてもらえないのですか？」

あまりにも疑われたのでちょっと寂しげな表情を浮かべてみると、キャメロンが慌てて頭を下げます。

「ご、ごめんなさい。あたしそういうのに慣れてなくて……でもなんであたしなの？ あたしなんておちこぼれだし、なんの才能もなくて可愛くないしメガネだし」

メガネは関係ないと思いますけどね。

「ですからあなたは自分を過小評価しすぎなのですよ、キャメロンお姉様」

「お姉様……はうっ。妄想では何度も言われたことあるけど、リアルで言われると破壊力抜群すぎだわ。そんな風に言われたらあたし……もうダメになっちゃうかも」

「どうでしょうか、ここは私を信じて一緒にがんばってみませんか？」

「がんばるって、なにを……？」

そんなの決まってます。もちろん――。

「命がけの努力を、ですわ」

私の言葉に、キャメロンは生唾を飲み込みながらも、最終的にはうんと頷いたのでした。

◇◇

キャメロンという素晴らしい素体を手に入れる算段がついてウキウキ気分のまま教室に戻ると、珍しく私に近寄ってくる人がいます。

オルタンスと――うわっ、【英霊乙女《えいれいおとめ》】エドゥアールではありませんか。

「ちょっとユリィシア！　なんで君はワタクシのところに来ないんだ！」

「え？　あ、いやその……」

「ずっと待ってたんだぞ……ぐすん」

エドゥアールの涙ぐむ様子に、さすがの私も罪悪感に襲われます。どうにも女性の涙には弱いんですよね。

しかしあれだけきっぱり断ったというのに、やはり聖女は諦めが悪いですね。

ここは心を鬼にしてきっぱりとお伝えすることにしましょう。

「エドゥアール様。申し訳ありませんが、私のお姉様はもう決まってしまいました」

「なんだとっ!? そんなバカな……齢12にして聖女認定されたこのエドゥアールの誘いを断ってまでも選びたい人が、この学園にいたというのか？」

「ええ、そうです」

「それはどこの誰だ!?」

「今はまだ秘密です」

なにせキャメロンとはまだ正式に姉妹契約を締結したわけではありませんからね。ここで彼女の名前を出すわけにはいきません。

「……わかった、それなら今度のデビュタントの時に君のお姉様とやらを見せてもらおう！　もしいいかげんな相手だったら——君が聖女認定されることは永遠になくなるだろう」

「望むところですわ。では私のお姉様が素敵な方だったら、私を聖女として認めるのは諦めてもらえますか？」

「ああ、そのときは潔く諦めよう！　だけどワタクシがそう簡単に負けを認めると思うなよ！」

よし、言質は取りましたよ。

これでどっちに転ぼうと聖女認定は諦めてくれることでしょう。エドゥアールが単純な人で良かったです。

「君が聖女として認められるには高いハードルが……ってあれ、何か認識がズレてるような……」

「エドゥアール様、聖女に二言はありまして？」

「いや、無い！　あるわけがない！　では当日を楽しみにしているぞ、ユリィシア・アルベルト」

「あ、お待ちくださいエドゥアール様！」

さらりと髪を靡かせながら颯爽と教室から立ち去るエドゥアールと、慌てて後を追いかけるオルタンス。

オルタンスに聖女を押し付ける面倒《めんどう》のはすごく申し訳ないのですが、ぼっちな私の相手もしてくれる彼女であればきっと上手く対応してくれるでしょう。

あぁ、持つべきものはやはり心優しい友人ですね。

◇◇

次の日から、私とキャメロンの秘密特訓が始まりました。

集合場所はふたりが初めて出会った例の墓地です。

「えーっと、あ、あの……ユリィシア？　正式に姉妹《メントーア》になるのは、あたしの特訓の成果が出てからでも良いかしら」

「ええ、もちろんですわ。ところでキャメロンお姉様の持つギフトは何ですの？」

「えっと、それが……《柔らかくなぁれ《ファニーサイド》》っていうギフトなの。学園の先生もいままで見たことないって言ってたわ」

柔らかくするギフトですかね、私も初めて聞きました。

《柔らかくなぁれ《ファニーサイド》》だけではどう使えばいいのか見当もつきませんね。ゾンビの肉を削ぎ落とすのには便利そうですが。

「このギフトのおかげであたしは学園に入学することはできたんだけど、肝心の使い方がよく分からなくて……今ではこのとおり落第寸前の落ちこぼれよ」

確かに用途不明のギフトではありますが、使い方はこれからのトレーニングで確認していけば良いのではないでしょうか。

「じゃあ準備はよろしいですか？　早速行きましょうか、キャメロンお姉様」

「それで、特訓って……なにをするの？」

私の後ろに立っているメイド服姿のネビュラちゃんと、軽装備のウルフェを見て目をパチクリさせるキャメロン。

「特訓の前に、キャメロンお姉様の体について調べさせていただきます。こちらに座っていただけますか」

「えっ？　墓石に座るの？　た、祟られたりしないかな」

「それはそれで問題ないのでご安心ください」

「ふぇ？　よ、よく分からないけどユリィシアがそう言うなら……」

ちょうど良い高さの墓石に腰掛けてもらうと、私はキャメロンの身体を優しくタッチしながら特徴を調べていきます。うふふ、合法的に女の子タッチです。

フローラやアンナメアリみたいに成熟した女性も良いのですが、キャメロンのように若くて瑞々しい身体も素晴らしいですね。

「あんまりスタイル良くないでしょ、恥ずかしいわ……」

「私はキャメロンお姉様のふんわりした身体が好きですけどね」

「ふわぁっ⁉　そ、そんな言い方しないで、あたし勘違いしてしまうわ……」

とはいえ、確かにキャメロンは全体的に鍛錬が足りていません。

ギフトを覚醒させるためにも、肉体を根本的に改造する必要があるかもしれませんね。

「はい、ありがとうございます。これでキャメロンお姉様のトレーニング方針は決まりました」

「ふぇっ⁉　も、もう終わりなの？」

「はい」

ちょっと残念そうな顔をするキャメロン。心配しなくてもあとでたっぷりお触りしますからね。

「それで……これから何をするのかしら？」

「短期間で人を成長させる、最も効率的な場所に行きます」

「それはどこなの？」

「異界迷宮《ダンジョン》です」

「はあ？」

ダンジョン。そこには数多くのモンスターがいて、彼らと戦い勝つことで様々な力を得ることができます。

中でも特に得難いものは——ズバリ『経験』です。

「人は死地に追いやられることで未知の能力に目覚めることがあるそうです。実際、私の弟も危機に瀕してギフトに覚醒しました。ですからキャメロンお姉様にも同じような経験をしていただくために——これからおよそ1ヶ月、ダンジョンに挑んでいただきます」

「ダンジョン!?　で、でも……ダンジョンなんてどこにあるの？」

「ここです」

「はぁ?!」

私が指差したのは、墓地の中。

一番奥からひとつ手前にある、少し十字架が欠けた墓石に手を触れます。

「ここに空間の歪みがあるの、見えますか？」

「い、いえ……それは何かの冗談なのかしら？」

「冗談ではありません。実は入学してすぐに見つけていたのですが、ゲートではなくダンジョンだったので放置していました」

「えっと、ユリィシアは本気で言ってるの？」

「私はいつだって本気ですよ。さぁ、いきましょう」

私はキャメロンの手を強引に引っ張ると、ウルフェとネビュラちゃんを引き連れて空間の歪みへと突入していきました。

36. ダンジョン・アタック・レッスン

肉眼では見えにくい魔力の淀みのような地点に脚を踏み入れると、次の瞬間――まるで洞窟の中のような空間に立っていました。

「うわわっ!? ほ、本当にここダンジョンなの?」

「ええ、そうですよ」

「し、信じられない。まさかリベルタコリーナ学園の中にダンジョンがあるなんて……」

ダンジョンやゲートは、目を凝らせば色々なところに存在しています。ただ普通の人にはなかなか見つけられないみたいですけどね。

さて、今回見つけたダンジョンは、あらかじめウルフェたちに探索させたところ――俗に言う〝外れダンジョン〟でした。

ドロップカードは野菜や果物などの生鮮食品のみ、魔法道具やレア鉱石などはまったくドロップしません。通常であればこのダンジョンは放置確定ですね。

とはいえ目的がキャメロンの育成となると話は別です。

出てくるモンスターはゴブリンやコボルトなどの低級モンスターのみ。

剣の達人となったウルフェと、影魔法が使えるヴァンパイアのネビュラちゃんがいるので、この程度のモンスターごときに遅れを取ることはないでしょう。

「も、もしかしてこれって、すごい発見だったりするのかな？」

「ダンジョンのことと、これから行うことは誰にも話さないでくださいね。私と――キャメロンお姉様だけの秘密です」

「は、はひ……わかり、ました」

顔を赤くしながら頷くキャメロンへの口止めも済んだところで、いよいよこれからユリィシア式スペシャルトレーニングのスタートです。

哨戒役としてネビュラちゃん、その後ろにウルフェが続いて、最後尾に私とキャメロンが歩く陣形を取ります。

「ふわぁぁ……あたしダンジョンって入るの初めて。連邦にある実家がたしか低ランクのダンジョンを所有してるんだけど、危ないからって一度も入らせてもらったことなかったんだ」

私の服の袖を掴んだまま興味津々に周りを見渡すキャメロン。なんとも可愛らしいです。

「ご安心ください。ここは大したダンジョンではありませんし、何かあっても私が治癒しますので」

「えっ？　治癒?!」

「お嬢様、モンスターが来るでございます」

先頭を進んでいたネビュラちゃんが警戒の声を上げます。闇の中から出てきたのは数体のコボルトです。

「ふん、雑魚か……お嬢様のお手を煩わすまでもない」

ウルフェがすたすたと前に出て剣を数閃すると、あっという間にコボルトたちは光の粒子となり、カードだけを残して消えていきました。

「お見事です、ウルフェ様」

「索敵してくれたネビュラ殿のおかげだな。ただの女の子だと思っていたのに、こんなにも優秀な偵察兼魔法使い《スカウト》だったとは。その素質を見抜いてメイドにしたお嬢様の慧眼《けいがん》、さすがです」

「すべてはお嬢様のおかげでございますね、ウルフェ様」

ふむ、ふたりの連携はうまく噛み合っているみたいですね。

ちなみに今回出現したカードは『りんご』と『みかん』でした。休憩時のおやつにでもするとしましょう。

「す、すごいです皆さん……まるで本物の冒険者みたいです」

「俺はただのお嬢様の執事ですよ」

「ボクはただのメイドでございます」

元剣闘士奴隷とヴァンパイアのね。

「あのー、ネビュラさんはメイド服で大丈夫なんですか？　戦いにくくないんですか？」

「はい、これは呪いで――ぐえーっ!?　……し、失言でございました。この格好はボクの趣味ですので気にしないでくださいまし」

「は、はぁ……」

メイド服姿でダンジョン探索をするネビュラちゃん、すごく似合ってると思うんですけどね。

「さて、ダンジョンに慣れてきたところでそろそろキャメロンお姉様の本格的なトレーニングに入りましょうか」

「え？　たった一回の戦闘を見ただけで、あたしなにも慣れてないんですけど……」

「案ずるよりも実際に動いてみるのが一番ですよ。ウルフェ、ネビュラちゃん、手頃なモンスターを一匹確保してもらえますか？」

「えーっと、あたしの意見はスルーですか……」

私はふたりに指示して、次に出現したゴブリンの集団を一匹だけ残して全滅させます。

「――影で縛れ、『影束縛《ダークバインド》』」

「ぎゃっ！　ぎゃぎゃっ！」

ネビュラちゃんがゴブリンを闇魔法で縛って確保し、キャメロンの前に連行します。

間近でゴブリンを見たキャメロンは、かなりドン引きしていますね。

前世で女の子にお気に入りのスケルトンを見せた時の反応に似ていて、私のちょっとしたトラウマを刺激します。

「それではキャメロンお姉様、とりあえずこのゴブリンをギフトで柔らかくしてもらってもいいですか」

「え?! モンスターを!? わ、わかったわ。やってみるわね……えいっ! 《柔らかくなぁれ《ファニーサイド》》」

キャメロンが懐から取り出したのは、銀色に光る小さな杖。

これでゴブリンをちょんっと突っつきます。

はて、これで柔らかくなったのでしょうか。

「ウルフェ、試してみて」

「はっ」

ズバッ。一刀の元で両断します。あえなく光の粒子と化すゴブリン。

「どうですか? 先ほどと比べて柔らかくなりましたか?」

「うーん……正直に申し上げると、弱すぎてわかりません。殴った方が良いかもしれませんね」

「仕方ありません、次は別の方法で検証してみましょう」

このような調子で何度かモンスターを捕獲して柔らかくする作業を続けていると、すぐにキャメロンがバテてしまいました。

「あたしもうだめ……ぜひー、ぜひー」

「疲れましたか？　どうやら魔力と体力を使うギフトのようですね。ですがまだ魔力は尽きていないようなので、とりあえず体力を回復してみましょうか」

「回復って……ひゃあ！」

私の《癒しの右手》で優しくタッチすると、キャメロンはすぐに元気になりました。やはり若いと回復も早いのですかね。

「ユリィシアは回復魔法も使えるのね……すごいわ」

「大したことはありません。せっかくですのでこのまま少し休憩しましょうか」

休憩スペースを見つけて腰を下ろすと、ネビュラちゃんが『影収納』から取り出した道具で淹れたお茶を飲みながら、さきほど収穫した果物を食べて英気を養います。

「このお茶、すごく美味しいです……ありがとうございます、ネビュラさん」

「お褒めいただき光栄にございます」

「ユリィシアも、ウルフェさんもネビュラさんも凄すぎて……なんだかあたし夢の中にいるみたい。こんなに美男美女に囲まれてダンジョン探索する日が来るなんて」

「私も、キャメロンお姉様と同じ気持ちです」

「えっ!?」

思えば前世ではアンデッドとしか旅をしたことがありませんでしたからね。

キャメロンのような若い女性と一緒にダンジョンに潜れるなんて、本当に幸せで夢のようです。

「そんなこと言われたら、あたし……もっと頑張るね！」

「はい、では行きましょうか」

その後もダンジョン内でキャメロンの魔力が尽きるまでいろいろな検証を行い、彼女の覚醒を促しました。

これが私の考案した、ジャンクダンジョンを有効活用したトレーニング方法——名付けてダンジョン・アタック・レッスンです。

その後10回ほどモンスターたちと遭遇し全てを殲滅したところで、ついにキャメロンが魔力切れを起こしてしまいました。

「ごめんなさい。もう……歩けないわ……」

「どうやら限界みたいですね。それでは戻って次の対応《フェーズ》を実行します。ウルフェ、粗相のないようにお抱えして」

「承知しました」

もはや回復する体力も無くなってグッタリしたキャメロンをウルフェに抱えさせると、さっさとダンジョンから脱出して私の部屋に向かいます。

「あたし花牡丹寮に入ったのは初めてだわ。ここがユリィシアのお部屋……とっても素敵ね。まるでお姫様の棲むところみたい」

部屋のコーディネートをしたのはアンナメアリなんですけどね。

「それではキャメロンお姉様、ベッドに横になってくださいますか」

「ふぇ？　あ、きゃっ!?」

ウルフェに指示してベッドに横たえさせると、《癒しの右手》に魔力を込めて優しくキャメロンの全身をマッサージしていきます。

「ああん……気持ちいい……」

キャメロンに施しているのは〝癒しのエステ〟の改良版です。癒しの魔力にあえて強弱をつけて身体を震わせることで、強制的に脂肪を燃焼させるとともに肉体を活性化させます。

ですが真の目的は――キャメロンのゆるふわボディを合法的にナデナデすることです。

柔らかくなるギフトを持った彼女の全身はふんわりしており、とても触り心地が良いです。

アンナメアリの身体も素晴らしかったですが、キャメロンの若い肉体は極上ですね。あぁ、ずっと触っていたい……。

「ユリィシア、こんなのダメ……クセになりそう」

「まだまだです。全身いきますよ」

「はぁん！　いやぁん！　こんなにされたら……あたしもう、お嫁に行けない……」

やがてキャメロンは、施術を受けながらぐっすりと眠り込んでしまいました。よほど疲れていたのでしょう。

このあとはゆっくりとお風呂に入ってもらってしっかりと汗を流したあと、今日のおさらいとギフトの検証、そして覚醒に向けた今後のスケジュールの検討です。

さぁ、いろいろと忙しくなってきましたよ。

◇

それから一ヶ月間、キャメロンのトレーニングは続けられました。

キャメロンが所属しているステップコースは事実上全ての授業が「自習」になっていたので、時間だけはたくさんあります。

私は授業がありますので全てにお付き合いすることはできませんが、ウルフェとネビュラちゃんに頼んで徹底的にダンジョンに挑んでもらっています。

最初は1回の戦闘ごとに肩で息をしていたキャメロンも、徐々に体力が続くようになりました。

体のほうも順調に絞れていき、ふくよかだったキャメロンの身体が少しずつシャープになっていきます。ですが双丘はキープしたまま、実に素晴らしいです。

ギフトについての検証も進みました。

度重なるダンジョンアタックで、彼女の持つ《柔らかくなぁれ《ファニーサイド》》はモンスターの防御力を下げたり硬いものを少しだけ柔らかくする弱体化《デバフ》効果を持つことが判明しました。

ですがこのギフトの真価はそこにはありません。なんと常時発動《パッシブ》スキルとして魔力にもその効果を発揮していたのです。

同時に彼女の魔法能力が伸び悩んだ理由もわかりました。

「あぁ……なるほど、そういうことだったのですね」

どうやら《柔らかくなぁれ《ファニーサイド》》が魔力に常時作用しているせいで、魔法発動時の魔法式が歪んでしまったり魔力供給が不安定になった結果、魔法が上手に発動していなかったようなのです。

ですが、原因さえ分かれば対策は取れます。ギフトの特性をちゃんと理解したうえで、上手く魔力をコントロールできるようトレーニングを重ねます。

「じゃあユリィシアに言われた通り、お餅やチーズをイメージして魔力を伸ばしてみるね」

本来であれば魔力に柔軟性などなく、固定化された魔法の効果が発動するのみです。

ですがギフトで柔らかくなった魔力を魔力操作でコントロールし、自由自在に変形させることで——魔法の質が激変します。

「じゃあ次は、水槍《みずやり》の魔法を使ってみるわね」

「ではあちらのコボルトの群れに放ってみていただけますか」

「わかったわ。——えいっ！『水槍《ミルスピア》』」

キャメロンは水筒から水を取り出すと、魔力を操作して水の槍を作り上げます。

彼女の指示に従って放たれた水の槍は、《柔らかくなぁれ《ファニーサイド》》の効果で伸びに伸びて鞭のようにしなり、目の前まで差し迫っていたコボルト6体の群れを横薙ぎにします。

弾け飛び、光の粒子と化すコボルトたち。

本来であれば単体を貫くだけの水槍の魔法が、キャメロンの手が加わることでたった一撃でモンスターの群れを殲滅させる強力な魔法へと進化しました。

「すごい……これが私の力なの？」

低位魔法でこれだけの威力。キャメロンは類《たぐい》まれなる魔法の才能を持っていたのです。

「驚きました……ここまで化けるとは」

実際改めてキャメロンを鑑定してみると——それまで伏せられていた情報が新たに開放されていました。

—— キャメロン・ブルーノ ——

年齢：**16歳**
性別：**女性**
保有ギフト：**《柔らかくなぁれ《ファニーサイド》》**
素体ランク：**A**

適合アンデッド：
スペクター・マジシャン（S）……38%（New!!）
エクストラ・ウィザード・スピリット（SS）……14%　（New!!）

ついにキャメロンはSSランク素体としての才能を完全に開花させたのです。

「やりましたね、キャメロンお姉様」

「すべてあなたのおかげだわ……ありがとう、ユリィシア」

「うふふ、これで目的は達成ですわね。では約束通り私のお姉様《メントーア》になっていただけますか？」

「えっ、これで目的達成だっけ？　でも……わかったわ。ユリィシアにはこんなにも良くしてもらったんですもの、今度はあたしがあなたに返す番よね。約束通り——契約《リアゾン》しましょう」


ダンジョンから出ると、外はもう日が沈みかけていました。

夕暮れの墓地で、私たちは向かい合って互いの手を握ります。

いよいよ、姉妹《メントーア》の契約《リアゾン》を交わすのです。

「私たちは誓います、ここに姉妹の契りを交わすことを」

「この契りは、たとえ学園を出ても続く尊いものとなるでしょう」

宣言が終わると同時に、私の中に何か大きなものが湧き上がってきます。これは——。

「あぁ……有頂天《エクスタシィ》ですわ」

久しぶりに感じるこの昂りは、間違いなく最大魔力値が延びた証拠。やはり相手の能力を覚醒させた場合、私の魔力も成長することができるのですね。

気がつくとキャメロンの髪が一房、私と同じ白銀色に染まっていました。夕日に映えキラキラと反射する様子はキャメロンをより一層美しく彩ります。

「ところであたしたち、何か大切なことを忘れているような……」

はて、何かありましたでしょうか。

「あのー、お嬢様。盛り上がっているところ申し訳ないのですが……明日のデビュタント、どうなさいますか」

——あっ。そういえばそんなものがありましたね。

37. デビュタント

キャメロンの育成が面白すぎて、私としたことがデビュタントのことをすっかり忘れていました。

ですが女性へ転生したからには、淑女を目指すというのが今の私のもう一つの目標です。

そのためには、きちんと明日のデビュタントの準備をしなければなりませんね。

ダンジョンを脱出して慌てて花牡丹寮に戻った私たちを待ち構えていたのは三人の女性たちでした。

「レナユナマナ！」

「やっほーユリィシアちゃん」「お手伝いに来たわよ」「あたしたちに任せといて！」

「お手伝い？　なんの手伝いでしょうか」

「だってあなた明日デビュタントでしょ？」「アンナメアリ様がすごく楽しみにしてたからね」「コダータ準妃も来るみたいだし、あたしたちが全力であなたを綺麗にするわ」

おぉ、これは実に頼もしい援軍ですね。

「えーっと、この方たちは……？」

「私のお友達のレナユナマナですわ。あとネビュラちゃんの師匠でもあります」

「えっ!?　そのお名前はもしや……ブルーメガルテン妃のお付きの侍女、【美の三宝石】ではありませんか!?」

「キャメロンお姉様は三人をご存知なのですか？」

「ご存知もなにも、在学中にブルーメガルテン妃にスカウトされた伝説の卒業生じゃない！」

へー、レナユナマナも有名な人だったんですね。

「ところでユリィシアちゃん、もしかしてその子はあなたのお姉様《メントーア》なのかしら？」

「ええ、キャメロンお姉様ですわ」

「「「うわーこの子がユリィシアちゃんのお姉様に!?」」」

急に色めき立った三人に取り囲まれたキャメロン。目を白黒させている彼女にレナユナマナはおかまいなしにタッチしまくります。

「なにこの子、すごく素材がいいわね！」

「うん、これは気合入るわ！　まとめて一緒にやっちゃいましょう！」

「キャメロンちゃん、あなたもドレスを持ってきて！」

「ふぇ?!　は、はぁ……」

半ば強引に衣装合わせが始まりましたが、いざキャメロンが用意していたドレスを着てみると、サイズがぶかぶかでまったく合っていません。

この1ヶ月のトレーニングでキャメロンの体型は大きく変化したようです。

「あら、まったく寸法が違うじゃない。よかったわ、ちょうど予備を幾つか持ってきてるからこっちを使いましょう」

「え？　え？」

「予備のドレス持ってきて正解ね。そういえばユリィシアちゃんにはアンナメアリ様から宝飾品のプレゼントを持ってきたわよ」

「ありがとうございます。両親からもらったドレスだけでは胸元が寂しかったので嬉しいですわ」

「あら、じゃあユリィシアちゃんも一緒にコーディネートし直しましょうか」

「はい、お願いします」

「ちょっとキャメロンちゃん、あなた胸おっきいわね。このままだとキツイからちょっと仕立て直しするわね。間に合うかな？」

「えっーー!?」

こうして深夜まで慌ただしく準備を整えたあと――ついにデビュタントの日の朝を迎えます。

慌ただしく寮を出たときには、既にデビュタント開始時刻を過ぎていました。流石に心配になってレナユナマナに確認します。

「あの……遅刻して大丈夫なのですか？」

「ちゃんとアンナメアリ様が手を回してくださってるから大丈夫よ」

「それにジュザンナ様も同意しているらしいわ」

「最近あのふたり、なんだか仲がいいのよねぇ」

「ふぇ!?　そ、そのお名前、どこかで聞き覚えが……？」

アンナメアリやジュザンナがいるのですか、それは気合が入りますね。

クラスメイトたちの着飾った姿を見るのも実に楽しみです。

まだうら若き乙女たちの一世一代の晴れ姿、しかとこの目に焼き付けさせていただきましょう。うふふ。

◆◇

迎えた『デビュタント』当日。

リベルタコリーナ学園の生徒たちは、敷地内にあるパーティ会場に向かって石畳の道を歩んでいた。

花の乙女たちにとっての夢の舞台といえるデビュタントであるが、今回は特に注目を浴びていた。

なぜならば『幻の王子様』と称されるジュリアス・シーモア第二王子が、初めて参加する社交界の場としてこのデビュタントを選んだからだ。

今年16歳となったジュリアス・シーモア王子は、母親であるコダータ準妃に似て非常に目鼻立ちの整った美少年で、最近まで重い病気で隠棲していたことから特定の婚約者がいなかった。

その王子が、初めて社交の場に登場する。

しかも今回は王妃だけでなく、コダータ準妃やブルーメガルテン側妃までもが参加するという。

これは間違いなくジュリアス・シーモア王子の嫁候補探しだと、人々はまことしやかに噂したのであった。

「今回は三妃様が参加されているのよね。あたしは側妃様からお花をいただきたいわ」

「じゃあわたしは準妃様から！　でも無理に決まってるわよね」

「王妃様からいただくためには一度生まれ変わらないと無理かも……」

精一杯着飾った生徒たちが話題にしているのは、デビュタントする淑女候補に対して上位貴族の女性が花を渡す『花の公認《フロウ・リセンティア》』について。

生徒たちがシンプルに「花を贈る」と呼ぶこの行為は、『わたしはあなたの後ろ盾になりますよ』という意味があることから、三人の妃がいったい誰に花を渡すのか噂しあっていたのである。

「でも三妃がお花をお渡しになるのは間違いなくアナスタシア姫様よね」

「きっとジュリアス・シーモア王子と婚約発表なさるのよ。だから三妃がいらっしゃってるんだわ」

少女たちはいろいろなうわさ話に一喜一憂しながらも、緊張した面持ちでデビュタントの会場へ次々と吸い込まれていった。

盛大な管弦楽団の演奏に合わせて、いよいよ王家主催の社交パーティ『デビュタント』が開幕した。

大きな後ろ盾のない淑女候補たちが、生徒会役員による司会進行に従って会場入りを果たしていく。

全体のほとんどはこのグループで、先に会場入りしていた二回生や三回生の先輩方に拍手で迎えられながら、皆顔を真っ赤にして入場していく。

多くの新入生が入場を終えたあと、デビュタントの最後を飾るのは——特別に選ばれた生徒たち。既に上級生と『姉妹《メントーア》の契約《リアゾン》』を交わした新入生が、満を辞して入場するのだ。

「いよいよアナスタシア姫様たちの入場ね」

「私もお姉様《メントーア》が欲しかったわぁ。そうすれば最後に入場できて目立つことができたのに」

「でもデビュタント前だと、よほどの地位や実力がない限りの契約《リアゾン》はしないそうよ。だって下手に出たら恥をかくだけですものね」

今回、お姉様《メントーア》を引き連れて、かつ公爵以上の後ろ盾がある乙女は、たったの三名。

その中には——剣爵令嬢であるユリィシア・アルベルトが含まれていた。

「【窓辺の白銀天使】ユリィシア・アルベルト。たかが剣爵令嬢なのになぜまだ残ってるのかしら？」

「あまりにも美少女過ぎてオルタンス様以外は声をかけるのも躊躇っていたのよね、本当はあたしも話してみたかったんだけど」

「でもあの方、【英霊乙女《えいれいおとめ》】エドゥアール様からのメントーアのお誘いを断ったのでしょう？　その上で別の方と契約《リアゾン》したとか」

「聖女でもあるエドゥアール様以上のお姉様なんて、この学園にいるのかしらね？　きっと大恥をかくに違いないわ」

「あっ、入場されるわよ。静かにしましょう」

メントーアを引き連れての入場は家柄が低位の生徒からであることが暗黙の了解となっていたの

で、会場の誰もが最初はユリィシアが登場すると思っていた。

だが最初に姿を現したのは——。

『これより入場するのは——バルバロッサ侯爵令嬢オルタンスとなります。エスコートするのはサウサプトン公爵令嬢エドゥアール・ローズマリー・サウサプトンです』

聖女エドゥアールをお姉様《メントーア》とすることに成功したオルタンスであった。

彼女は実家である侯爵家のつてなどを駆使し、粘り強い交渉で最終的にエドゥアールとの契約《リアゾン》を勝ち取ったのである。

「エドゥアールお姉様と一緒にデビュタントできて、アタクシは幸せですわ」

「……結局最後までユリィシアはワタクシと契約《リアゾン》しなかったな」

「ええ、ですが聖女でもあられるエドゥアールお姉様には不釣り合いですわ。きっと彼女は大恥をかくに決まってますもの」

一方会場内では、剣爵令嬢よりも侯爵令嬢が先に呼ばれるという異常事態に困惑の声が拡がっていた。

だがここで司会から、来賓の準備が遅れている関係で順番を変更する旨の連絡が入る。

なるほど、これがユリィシアがまだ出てこない理由なのか。生徒たちは勝手に納得すると徐々に落ち着きを取り戻していく。

——だが彼女たちは気付いていない。

本来ならば来賓の準備など、新入生の登場順番に何ら関係が無いことに。

『続けて入場するのはガーランディア帝国第三皇女、アナスタシア・クラウディス・エレーナガルデン・ヴァン・ガーランディアとなります。エスコートは我がリヒテンバウム王国の第一王女、カロッテリーナ姫です』

次に入場してきたのは、本日最も注目を集める存在——アナスタシアとカロッテリーナの姫様コンビである。

ふたりのあまりの美しさに、会場内は歓声とため息に包まれる。

「さすがはアナスタシア様、海のように青いドレスがお似合いでとっても素敵……」

「お姉様《メントーア》であるカロッテリーナ様とお並びになると目を引く美しさですわ」

「さすが帝国の皇女だけあって、服装も素晴らしく豪華ですね」

アナスタシアが三妃の前に歩み寄ると、正妃が立ち上がり直々に胸元に薔薇の花を挿す。

本日初めての『花の公認《フロウ・リセンティア》』は、王妃によってアナスタシアに与えられたのだ。

「王妃様の後ろ盾を得たってことは、これはもうジュリアス第二王子の婚約者はアナスタシア様で確定じゃないですかね？」

「あ、でもよく考えてみたらジュリアス王子はコダータ準妃様のご子息でしたよね？　なのに準妃様からアナスタシア様への『花の公認《フロウ・リセンティア》』はなかったですわね」

「それどころか現時点ではまだブルーメガルテン側妃様も誰にも花を贈ってないですわよ？　これって……」

「ちょっと待って、誰か会場に入ってきたわよ！　あれは――ジュリアス・シーモア王子様っ!?」

アナスタシアの入場が終わった時点で、ようやくジュリアス王子が会場に姿を現す。

颯爽と会場に入ってくる彼の姿に、生徒たちは一斉に黄色い声を上げる。

「きゃーー、素敵ーー！　なんてカッコいいのかしら！」

「ジュリアス王子ってば噂以上のイケメンですわね！」

「輝く太陽みたいな金髪に凛々しいお顔立ち、まさにザ・王子様って感じですわ！」

ジュリアス王子は周りに目もくれず、一直線に奥へと進んでゆく。固唾を飲んで見守る他の生徒たち。

だがジュリアス王子は母親であるコダータ準妃に会釈をし、姉であるカロッテリーナやアナスタシアと軽く雑談を交わすと――なんとそのまま通り過ぎてしまったではないか。

予想外の展開に、会場は再び騒めき出す。

なぜ彼はアナスタシアをスルーするのか。ふたりは今日この場で婚約を発表するのではなかったのか。

混沌とする会場。

ここでさらに事態に拍車をかける新たな案内が流れる。

『た、大変お待たせいたしました。これよりアルベルト剣爵令嬢ユリィシア・アルベルトが入場します。彼女をエスコートするのは、二回生の……キャ、キャメロン・ブルーノです』

司会を務める生徒会役員でさえ戸惑いを隠せず声を振るわせる。

驚愕の事態に会場の混乱はとうとうピークに達した。

「キャメロン・ブルーノですって？　たしか落ちこぼれで暗い感じのメガネの子よね？」

「二回生でひとりだけステップコースだった人よ。最近姿を見かけないから、てっきり落第したか退学処分を受けたかと思ってたわ」

「そんな人がお姉様《メントーア》なんて、恥知らずにもよく出てこれるわね」

予想外の名前に騒めく中、会場の入り口が開かれる。

扉を開けたのはメイド姿の三人の美女。

この三人は――。

「うそっ!?　あれは――【美の三宝石】!?」

これが――【白銀の天使】として学園内で語り継がれることになるユリィシア・アルベルトの、伝説のデビュタントの幕開けであった。

◆◇

人・人・人。

会場に入った瞬間、たくさんの着飾った女生徒たちの姿が目に飛び込んできました。その視線が一気に私に集中します。

瞬時に緊張がピークまで達してしまい、周りの様子がまったく目に入ってこなくなります。注目されている気はするのですが、確認する余裕がありません。

「いってらっしゃい！」「がんばってね！」「胸を張って行くのよ！」

レナユナマナに後押しされて、私はキャメロンと一緒に第一歩を踏み出します。

おそらく遅れて登場したせいで悪目立ちしているのでしょう。

騒《ざわ》めく会場の中を、逃げたくなる気持ちを必死に抑えながら一歩ずつ進んでいきます。

「ユリィシア・アルベルト……まるで天使のように可憐で綺麗だわ。あの美しさは、もしかしてアナスタシア様以上ではないかしら？」

「あれがキャメロン・ブルーノ!?　ウソでしょ、まるで別人じゃない！　スタイル抜群で信じられないくらい美人になってるわ」

「美しいメントーアに引導《いんどう》されて入場するユリィシアの姿……まるで天才芸術家が描いた絵画のように神秘的な光景だわ！　わたくし目に焼き付けて一生心に刻みます！」

なにやら周りから声が聞こえますが、緊張しすぎているせいで内容が耳に届きません。

「なんでだろう……すごく緊張してたのに、ユリィシアと一緒にいると落ち着いていられるわ」

キャメロンは余裕があるのか、顔に笑みまで浮かべています。

あ、もしかしてエスコートしてもらっている右手のギフト《癒しの右手》の効果ですかね。よもや緊張を解す効果まであったとは……新しい発見です。

ふわふわした気持ちのまま歩いた先に待ち構えていたのは、大変美しい三人の女性。

初めてお会いする王妃にコダータ準妃ジュザンナ、ブルーメガルテン側妃アンナメアリです。彼女たちは全員が国王の妃。

こんな美人を三人も妻にするなんて、国王陛下はなんとうらやまけしからんのでしょうか。

事前に教わっていたとおり三人の前でカーテシーを披露すると、アンナメアリとジュザンナが席を立ちあがり、満面の笑みを浮かべながら私のそばに歩み寄ってきます。

「やっぱり素敵ねユリィシア。レナユナマナを送り込んだ甲斐があったわ」

「ありがとうございますアンナメアリ側妃。おかげで準備が捗りました」

「あなたはわたくしの娘みたいなものですからね。すごく可憐で美しいわよ」

私もアンナメアリみたいな母親は大歓迎です。フローラも悪くないのですが、なかなか甲乙つけがたいですね。

「とっても素敵よ、ユリィシア。あなたならきっと立派な淑女になるわ」

「嬉しいですわ、コダータ準妃」

王の妃のひとりであるジュザンナに淑女として認められるのは実に誇らしいです。

「わたくしはあなたに『花の公認《フロウ・リセンティア》』の祝福を与えるわ、ユリィシア」

「アタクシも『花の公認《フロウ・リセンティア》』を、ユリィシアに」

続けてアンナメアリとジュザンナが私の胸元に薔薇の花を挿してくれました。

あら、ありがとうございます。ところでこれはどんな意味があるのですかね。

「シーモアをよろしくね」

花を挿す際にジュザンナが耳元で囁きます。

シーモア？　あ、そういえば向こうに姿が見えますね。淑女たちの祭典になぜ彼がいるのでしょうか。

ですが今は彼よりも同級生たちです。ようやく心に余裕が出てきたので周りを見渡します。

あぁ、みんな着飾っていてなんと可愛らしいのでしょう。今すぐみんなの近くに駆け寄って、空気をスーハーしたいです。

ところが私の視線を遮るものがいました。シーモアです。

「会いたかったぜユリィシア！」

「お久しぶりですね、シーモア。元気そうで何よりです」

「ああ、全てはお前のおかげだ」

元気なのは分かったので、さっさとどいてもらえませんかね。

私は女子たちの花園に突入して、初々しい匂いをクンカクンカしたいのです。

「どうしてもお前のデビュタントが見たくってな、無理を言って最後に回してもらったのさ、はは
っ！」

ええ、とっても迷惑です。おかげで皆の注目を浴びることになってしまいましたからね。悪いと
思っているなら、さっさと退《ど》いてもらえますかね？

「そして、この機会にどうしてもお前に伝えたいことがあるんだ」

「はい？　なんでしょうか」

「ユリィシア、お前はオレ様と……婚約しろ！　いや、してくれ」

婚約？　シーモアと？　なぜ？　なんのために？

……もちろん即答します。

「お断りします」

さぁ、キッパリとお答えしたのですからもういいでしょう。早く退いてもらえませんかね。おや、
なぜか周りが騒がしいようですが……。

「……やっぱりな、お前ならそう言うと思ってたぜ。ちなみにダメな理由を聞いてもいいか？」

「私を待っているものたちがいるからです」

私の愛しい【不死の軍団《ヘルタースケルター》】たち。今でも遠い空から私のことを見守ってくれていることでしょう。

「その中には……このオレ様も入っているのか？」

「ええ、もちろんシーモアも入っています」

だってあなたは、私の大事なSSランク素体なのですもの。必ず回収してみせます。

「あぁ、それなら良かったぜ。オレ様もお前の心の中にちゃんと残っていたんだからな！」

あからさまにホッとした表情を浮かべるシーモア。

心配なさらなくてもSSランクの素体をそう簡単に手放すつもりはございませんからね。

だからもういいですかね。周りから注目を浴びているいまの状況は、陰キャでコミュ障な私にとって拷問に近いものがあるのですよ。

私はさっさと他の方々の陰に隠れて、初々しい同級生たちのきらびやかなドレス姿を間近でガン見しながら愛でたいのです。

「……そうだよな、お前はオレ様ひとりじゃなくて、みんなのために尽くすような奴だもんな。そんなやつだって知ってたから、オレ様はお前に惹かれたんだけどな」

はい、私はアンデッドのためならいくらでも尽くしますよ。

「仕方ねぇな。オレ様の初恋はこれで終わりだ。みんなの前で振られて心の整理がついたぜ。だからこれからはちゃんと心を入れ替えて、王族の一員としての責務を果たすことにする」

「シーモア、あなたはもう満足？」

「うむ母上。もう未練はない」

「……わかったわ。じゃあ例の話は進めてもいいのね？」

「ああ、もちろんだ」

何の話かはさっぱり分からなかったのですが、ジュザンナが耳打ちでこっそり教えてくれました。

「ユリィシアちゃん、シーモアはね、アナスタシア皇女と婚約するのよ。あなたに振られたことで踏ん切りがついたみたい。王族の責務を果たす覚悟が、ね」

おお、あの青髪美少女《アナスタシア》と婚約するのですか！

なんというらやまけしからん！　イケメン死すべし！

「ユリィシア、お前は――お前が信じる道を進め。オレ様が出来る限りのバックアップはするぜ」

「はぁ、ありがとうございます」

言われなくても自分の道を進むつもりですけどね。

ようやく私の前を立ち去ったシーモア。

さぁ、これで邪魔者は去りました。ようやく可憐な同級生たちの姿を観察することができます。

おや、オルタンスとエドゥアールが目と口をOの形にしてますね。何を驚いているのでしょうか。

その隣にいるアナスタシアは――。

――そのときです。

私の右目に、閃光のような光が飛び込んできました。

《鑑定眼《アプレイズアイ》》がある右目でしか判別できない光。まず間違い無く、新たなギフトに目覚めたときのものです。

閃光を発したのは――アナスタシア。

この場で彼女になにか新たなギフトが覚醒したのでしょうか。

気になったので《鑑定眼《アプレイズアイ》》で確認してみると、私の右目に映し出されたのは――。

――アナスタシア・クラウディス・エレーナガルデン・ヴァン・ガーランディア――

年齢：**15歳**
性別：**女性**
ギフト：**《嫉妬《エンヴィ》の大罪（覚醒前）》（New!!）**
素体ランク：**A→S（Up!!）**
適合アンデッド：
ロイヤルスペクター（A）……72%
プリンセスゴースト（S）……69%（New!!）
？？？？？？（SS）……3%（New!!）

おおっ!?　なんとアナスタシアに新しいギフトが芽生えているではありませんか。

それにしてもギフト名……《嫉妬の大罪》ですか。

これまた聞いたことのないギフトですね。覚醒前とのことですが、覚醒したらどうなるのでしょうか。

更に重要なのは、アナスタシアにＳＳランクアンデッドの素質が見え始めたことです。彼女は一体どんなアンデッドへの素質を持っているのでしょうか。

ああ、興味が絶えません。彼女のことを知るためにも、アナスタシアとはぜひ仲良くならなければなりませんね。

……うふふっ、どうやらこれからの学園生活も素敵なものになりそうですわ。

eps.5 character

リベルタコリーナ学園

貴族や有力者のお嬢様だけが通う、名門女学園。王国の王妃の多くが、この学園の出身でもある。生徒会の会長はカロッテリーナからエドゥアールに引き継がれ、アナスタシアの願いでユリィシアも参加する。

eps.6 学園の闇編

Holy Undead

38. 二回生

月日は流れ――あっという間に二回生になりました。

つい先日入学してデビュタントを終えたと思っていたのですが、時が経つのは早いものですね。

私もまもなく16歳になります。立派に成長して、どんどん女の子らしい体つきに変わってきました。

見てください、鏡の中に映る可憐な女の子を。

「お嬢様、なに鏡を見てニヤニヤしているんですか？　ちょっと気持ちわる――あいたたたたっ！　や、止めてくださいお嬢様許してくださいいぃぃいぃっ！」

「でしたらその減らず口を閉じることですね、ネビュラちゃん」

「ひいぃぃぃ、分かりましたぁぁぁあ！」

あ、なんだかネビュラちゃんで遊ぶのは楽しいですね。ちょっとスッキリしました。

そういえばつい先日、三回生だったカロッテリーナが卒業していきました。

卒業式で涙を流しながら答辞を述べたカロッテリーナは、それはもう大変お美しかったです。

「ユリィシア、あなたが義理の妹になる夢も見てみたかったわ」

「私にとってはもうひとりのお姉様でしたわ、カロッテリーナ様」

「んもう、そういう意味じゃないのに……でもいいわ、ありがとう」

カロッテリーナとはこの一年でいろいろと接する機会も多く、私にとってはかなり目の保養になりました。

卒業後はどこかの貴族に輿入《こしい》れするそうですが、相手が本当に羨ましいですね。

私のお姉様《メントーア》であるキャメロンは、三回生となりマジカルコースの最上級に進みました。

様々なトレーニングを経て魔法の力に覚醒した彼女の実力は、学園の中でも特出したレベルに達していたのです。

おかげですっかり忙しくなってしまい、一緒にダンジョンに潜ったりマシュマロ双丘にタッチすることができなくなったのは無念ですが、時々はいつもの墓地で一緒にランチを食べたりしています。

他にも大きな変化がありました。

なんと――この私にもお友達ができたのです。

しかもたくさん！

デビュタント以降、私に話しかけてくれる子たちが一気に増えました。

なんでも私とシーモアのやりとりが「本当は惹かれあっているけれど、身分差から身を引いた悲劇のヒロイン」という、全く意味不明な評価を得ているのだとか。

身を引いた、の意味がイマイチ理解できませんが、訂正するのも面倒なのでそのまま放置しています。若干不本意なものはありますが、実害はないので良しとしましょう。

オルタンスとも相変わらず仲が良いです。

デビュタントの翌日、なぜかオルタンスが「あの……アタクシなにも知らなくて……まさかあなたがふたりの妃様のお知り合いだなんて……いろいろとごめんなさい」と、顔面蒼白で震えながら謝ってきました。

意味がわからず「なにをおっしゃいますの？　私たちお友達ですよね？」と言ったら、ものすごく嬉しそうに何度もうんうんと頷いてくれました。

以降は少し態度が変わって、以前のように悪いところを指摘してもらうことが減ってしまったのはちょっぴり残念ですけどね。


そして、同級生の中でも特に仲が良くなったのが——なんとびっくりアナスタシアです。

「おはようユリィ、今日も良い天気ね」

「おはようアナ。気持ちいい日ですね」

「今日も食堂のいつもの席でランチしましょうね」

「ええ、もちろんです」

どうですこの会話！　どこからどう見ても仲の良い友人同士ですよね？

しかも私たちはお互いを愛称で呼び合っているのですよ、これって凄いことだと思いません!?

たしかにアナスタシアが《嫉妬の大罪》という名の効果不明なギフトに目覚めてからお近づきになりたいとは思っていましたが——まさかここまで親密な関係になるとは思っていませんでした。

デビュタント以降アナスタシアとは急接近して、週の半分以上は一緒にランチを食べています。

ランチの席にカロッテリーナが入ることもありましたし、キャメロンを加えて四人で食事を取ることさえありました。

学年でもトップクラスの美少女と、愛称で呼び合い一緒にランチを食べる。こんな夢のような出来事が本当にあって良いのですかね?

あいにく彼女のギフトに関する調査は全く進んでいませんが、そんなものは二の次で構いません。

だって、この幸せなひと時を大事にしたいんですもの。

でも、なぜたくさんいる生徒の中から私なのでしょうか? もしかしてあれですかね。シーモアのことでも聞きたいのですかね。

実は——アナスタシアとシーモアは昨秋に婚約を発表しました。

アナスタシアは笑いながら政略結婚だと言っていましたが、前世で女性に全く縁のなかった私からすると、どんな理由であれこんな美少女と結婚できる時点でシーモアはどれだけ幸せなことなんだろうと思いますけどね。

そういえば以前アナスタシアとはこんな会話をしたことがあります。

「ユリィがシーモアの準妃になれば、一緒に楽しめるのにね」

「……妃には興味はありませんが、アナと一緒になにかするのは楽しそうですね」

「あら嬉しいわ！　そういえばユリィ、あなたの好みのタイプってどんな人？」

「んー……」

骨《スケルトン》？

「まぁわたくしには言いにくいかもしれませんね」

確かに言いにくいので、笑って誤魔化します。

あれってどう答えたら良かったんですかね。もしかして逆にアナスタシアの好みを振って欲しかったんでしょうか。

どうも女子トークに関しては未知のものが多く、己の未熟さを痛感してばかりです。もっと精進せねば……。


今日もお昼になり、指定席となった食堂の一角にあるテーブルでアナスタシアとランチを食べていると、ふいに彼女が尋ねてきました。

「ねぇユリィ、前にわたくしと一緒に何かするのは楽しそうって言ってましたわよね？」

「ええ」

そんなやりとりがありましたかね。まあ実際アナスタシアと一緒なら何でも楽しいに違いありませんが。

「だったらお願いがあるんだけど――わたくしと一緒に生徒会に入りませんこと？」

「……生徒会？　何をするところでしたかね」

「ユリィ、あなた生徒会が何をしているのかも知らないの？」

呆れ顔のアナスタシアが説明するには、生徒会はリベルタコリーナ学園の生徒たちを自治的に統括する組織なのだそうです。

「はぁ……大層な組織なのですね」

「生徒会は推薦がないと入れないくらい人気なのよ。でもあなたを生徒会に推す声は多くてね、カロッテリーナお姉様も強く推していたくらいですもの」

推薦。なんと甘美な言葉でしょうか。

かつての私は人から避けられることはあっても、推薦されることなど一度もありませんでした。そんな私がカロッテリーナやアナスタシアから推薦される日が来るなんて。

ですが私にはやらなければならないことが沢山あります。良質なアンデッド素体探しや黒ユリ化への研究など。多忙な私に生徒会の仕事をする暇など無いのですが……。

「お願い。わたくしあなたと是非一緒に仕事がしたいのよ」

ウルウルした瞳で手を握られながらお願いされたら断れるわけないじゃないですか。

「わ、わかりました……少しだけなら……」

「やったー！　うれしいわ、ありがとうユリィ！」

歓喜するアナスタシアに抱きつかれてしまっては、もう何も言えませんね。

こうして私は不本意ながらも生徒会に入ることになってしまったのでした。

39．生徒会

生徒会室は、学園の最上階にある時計台の近くにありました。

入り口にはとても重厚な扉があり、左右には専門の女性警備兵まで控えています。ずいぶんと厳重に警備された場所なのですね。

「失礼します。会長、生徒会候補者を連れてまいりましたわ」

「よく来たねアナスタシア。おおユリィシア・アルベルトではないか！」

しまった、私としたことが最近接点がなかったので完全に油断していました。

今代の生徒会長は、私がこの学園で最も苦手な人物——聖女エドゥアールでしたね。

ずっと避けていたのに、まさかこんなところで再会するとは……完全に不覚です。

「よもや君からここに来てくれるとは嬉しいよユリィシア・アルベルト！」

「彼女はわたくしが勧誘しましてよ、エドゥアール会長」

「さすがはアナスタシアだ。ユリィシア、ようこそ生徒会へ。ワタクシたちは君を歓迎する！」

おや、あっさりと受け入れられてしまいましたね。こんなにユルユルで良いのでしょうか。

「いいのよ、ユリィは有名人ですからね」

「有名人？」

いったいどこで有名になってしまったのでしょうか。

まるで心当たりがありませんが……もしかして先ほど言っていたカロッテリーナの推薦というやつですかね？

「生徒会の細かいルールについてはアナスタシアから教えてもらっても良いかな？」

「ええ、もちろんですわ会長」

「それじゃあさっそくだが、ふたりには生徒会の仕事をしてもらおう。まずは新入生向けの講習会を仕切ってもらえるかな？」

講習会？　それはなんでしょうか。

「講習会とは新入生向けに学園のルールを説明する場のことですわ。ユリィも受けたのに覚えてませんこと？」

すいません、さっぱり覚えていません。

「今回の講習会ではもともとわたくしが講師役を担ってましたのよ。ですからユリィはわたくしのお手伝いをしていただけますか？」

「ええ、もちろんですわ」

さすがに新入生の前で話してくれと言われたらどうしようかと思っていましたが、単なる手伝いであれば何の問題もありません。

アナスタシアに喜んでもらえるよう、誠心誠意がんばりましょう。

◇

講習会の当日、私とアナスタシアは並んで、新入生たちが集まっている講堂へと向かいます。

途中、他のサポート要員もプリント類を持って合流してきました。

「アナ、私は何を手伝えば良いのでしょうか？」

「うふふ、ユリィはわたくしの隣に立っているだけでよろしいですわ」

「ふえ？　立ってるだけで良いのですか？」

「ええ。たぶんそれで十分な効果があると思うから、ね」

「はぁ」

アナスタシアの言葉に他のサポート要員たちも頷いています。

はて、いったいどんな効果があるというのでしょうか。さっぱりわかりません。

「さぁ、入るわよ。覚悟はいい？」

「えっ？　覚悟って」

アナスタシアが私の手を引いて講堂に入った瞬間——新入生から大歓声があがりました。

「きゃーーー!!　アナスタシアお姉様よ、すてきーー!!」

「お隣にいらっしゃるのは、ふたりの妃様からお花を渡されたユリィシアお姉様よ！」

「ふたりともあたしのお姉様《メントーア》になってくださーい！」

圧倒的な黄色い声を前に思わず怯んでしまい、立ち止まってしまった私の腕をアナスタシアが優しく引きます。

「大丈夫よ、取って食われたりはしないから」

いや、なんとなく食べられそうなくらい勢いが凄いんですが……。

「お静かに！」

壇上に上がったアナスタシアの凛とした声に、新入生たちは一斉に静まります。

さすがはアナスタシア、自然と王族の気品と威圧のようなものを感じますね。

「みなさま、ようこそリベルタコリーナ学園へ。わたくしは生徒会で新入生担当を務めるアナスタシア・クラウディス・エレーナガルデン・ヴァン・ガーランディアです。こちらは私の補佐を務めますユリィシア・アルベルトですわ」

自己紹介に続けてアナスタシアが学園生活のイロハについて説明を始め、新入生たちは先ほどまでの喧騒が嘘のように神妙な顔つきで聞いています。
新入生たちは、わずか一つ下だというのにとても初々しく見えますね。
ほんの一年前はあちら側の立場だったのかと思うと、なんだか不思議な気持ちです。
特に出番がない私は、気まぐれに新入生たちを観察することにします。
すると——おや、なんだか面白そうな子がいますね。しかも……三人も。
せっかくですのでこの三人についてじっくり鑑定してみることにしましょう。

まず一人目は——顔の左半分を長い髪で覆い隠した女の子。

—— **ピナ・クルーズ** ——

年齢：**15歳**
性別：**女性**
素体ランク：**D**
適合アンデッド：
スケルトン（E）……99％
ゴースト（E）……99％

ピナは素体の資質という点ではかなり低いのですが、異様に高い適合率が気になります。
この手のタイプは伸び代が高い可能性があり期待ができます。顔を隠しているという点も興味が湧きますね。

二人目は、片目に眼帯を着けた女の子です。

――ナディア・カーディ・パンタグラム――

年齢：**15歳**
性別：**女性**
素体ランク：**B**
適合アンデッド：
　スペクター（C）……76％
　レイス（D）……89％

ナディアは素体ランクが高い割に、適合アンデッドのレベルが低いのが気になります。

右目の眼帯もなにかありそうです。もし病気なら治癒して差し上げたいですね。
そして三人目は、アナスタシアと同じ青髪の女の子。もしかして帝国出身者なのでしょうか？

――シャーロット・ルルド・アリスター――

年齢：**15歳**
性別：**女性**
素体ランク：**A**
適合アンデッド：
スケルトン・ソードナイト（A）……71％
ナイトストーカー（A）……76％

シャーロットは驚きの素体ランクAです。適合アンデッドから見ても素晴らしい資質の持ち主であることは間違いありません。
あぁ、なんと素晴らしいことでしょう。こんなにも期待が持てる素体を、新入生の入学早々見つけることができるなんて。

生徒会など面倒なことが多いと思って敬遠していましたが——うふふ、実に愉快ですね。

40. 学園の七不思議

新入生たちが入学してから一月《ひとつき》が経過し、今年も無事にデビュタントが終わりました。

私を含めた生徒会のメンバーは運営のサポートです。

初々しい一回生のドレス姿を見るのは、心の底からホッコリしますね。

デビュタントが終わると、学園の行事もひと段落します。

一回生にとってはここから実質的な授業が始まるのですが、すでに進級していてエレガントコースに入った私にとっては大して変化のある生活ではありません。

この頃にまたしてもエドゥアール会長から、アナスタシアと一緒に呼び出されました。

「学園の七不思議の調査、ですか？」

「ああ、君たちにならを任せられると思ってね」

アナスタシアの確認に、生徒会長のエドゥアールが不敵な笑みを浮かべながら頷きます。

デビュタントが終わったことで生徒会ではこれまで溜まっていた仕事を片付け始めているのです

が、私とアナスタシアが命じられたのは『学園の七不思議』という奇妙な噂に関する調査指令でした。

「あらいやだわ、学園の七不思議なんて……」

「そもそも七不思議とは何なのですか？」

「ユリィったら知らないの？　結構生徒たちの間で有名ですのに」

すいません、他の生徒と全く世間話をしませんので……。

「そうねぇ。わかりやすく言うと、この学園で噂される七つの不思議現象のことよ。たとえば『旧棟トイレの亡霊』なんかはアンデッドの仕業じゃないかとか言われてるわ」

アンデッドですって!?　この学園にアンデッドがいるのですか!?

俄然興味が湧いてきた私に、アナスタシアは黒板にカツカツ音を立てながら七不思議の内容を書き出してくれました。

・旧棟トイレの亡霊
・深夜に一段増える階段
・動く絵画
・勝手に演奏されるピアノ
・地下にある開かずの部屋
・七人の聖導女

「これで七個あるかしら？　学年によっては多少違うものもあるみたいだけど、概ねこんな感じみたいね」

「……なんなのですか、これは」

書き出された内容を見て、私はちょっとガッカリしました。

なぜならいかにも陳腐な名称ばかりだったからです。

中にはトイレの亡霊など、いかにもアンデッドが関わっていそうなものもあります。

ただこの程度であればせいぜいゴーストやスピリットの仕業になりますので、Cランクですら望み薄でしょう。

とはいえ、もしアンデッドだとすると久しぶりの『天然もの』です。本物であればぜひ一度お会いしてみたいものですね。

「もちろん、中には根も葉もない噂もあるわ。たとえばここに書いてある『地下にある開かずの部屋』は、生徒会の備品倉庫ですもの」

「ああ、アナスタシアの言う通りだ。だがこういった不埒な噂のせいで怖い思いをしている生徒がいることも事実。生徒会としてはこれらの七不思議を君たちに調べてもらって、生徒の不安を払拭してもらいたいんだ。（……ユリィシア、この一件で君の聖女としての資質を改めて見極めさせてもらおうじゃないか）」

最後に何か呟きが聞こえたような気がしますが、気のせいでしょうか。

「調査結果は生徒会報告として掲示する予定だ。生徒たちの心を惑わす噂話を消し去る協力を、君たちにしてもらえないだろうか」

エドゥアールからの依頼ではありますが、久しぶりの天然モノの予感に私はやる気満々です。

アナスタシアはあまり乗り気ではなさそうでしたが、私をチラリと見たあと「はぁ」と大きなため息をひとつ吐きました。

「……仕方ありませんわね。わかりましたわ、それではわたくしとユリィのふたりで調査してみます」

「ありがとうアナスタシア、ユリィシア。君たちに聖母神の加護がありますように（ふふふ、楽しみだ……）」

なにやら変な笑みを浮かべるエドゥアールが少し気になりますが、私の生徒会としての次のお仕事は――アナスタシアと一緒に『学園の七不思議』の解決に一肌脱ぐことになったのです。

◇

「じゃあユリィ、これからどう対策するか相談しましょう」

「はい」

生徒会室を出たあとティーサロンに誘われ、アナスタシアと今後の作戦を検討することになりました。

周りでは他の女子生徒たちが遠巻きにこちらを見ながらきゃっきゃと黄色い声を上げています。

「……あの子たち、何か用があるんですかね？」

「ユリィ、気にしなくていいわ。それよりも現状を整理したから、見てもらえるかしら」

アナスタシアが書いた手書きのメモには、現時点で判明している『七不思議』の情報が丁寧な字で記載されていました。

〈解決済み〉

○地下にある開かずの部屋

――（正体）生徒会用の備品倉庫

〈解決の見込みあり〉

△勝手に演奏されるピアノ

――誰かが音楽室に侵入して演奏しているのでは？

△旧棟トイレの亡霊
――誰かが旧棟のトイレを使っているのを見ただけかも？

△動く絵画
――風が吹いて揺れただけ？

〈詳細不明〉
・深夜に一段増える階段
・七人の聖導女
・黒魔術のミサ

――――

なるほど、とても分かりやすく整理されていますね。さすがは帝国の皇女様です。
もっとも私であればここに「本当にアンデッドが介在している確度」も追記しますけどね。まぁアナスタシアにそこまでを期待するのは酷というものでしょうか。
「さきほども話していた通り、既にひとつは原因が判明していて、三つについては解決の見込みがあります。ですからまずはこの『解決見込みあり』の三つから先に調査しませんこと？」

「ええ、それで良いですわ」

この三つの中で天然モノの可能性が一番高いのは……やはりトイレの亡霊でしょうか。

「ところでこの『七人の聖導女』と『黒魔術のミサ』というのはなんなのですか？」

「七人の聖導女は、昔からこの学園に伝わる伝説みたいなものですわ。なんでも亡くなった七人の聖導女が新たな犠牲者を探して彷徨っていて、もしこの集団に捕まると殺されてしまうというものなの」

「ほほぉ！」

「そうすると七人の内の一人が昇天して、犠牲者が新たにメンバーとなるから、七人の聖導女の人数は常に七人組なんですって」

まぁ、なんという禍々しい伝承なのでしょう。いかにも強力な天然モノの予感がしますね。

これほど強力な呪いを持つアンデッドだと、場合によってはA……もしくはSランクでさえ期待できるかもしれません。

これは俄然興味が湧きましたね。

「あと『黒魔術のミサ』のほうは、〝悪魔〟を呼び出す怪しげな儀式をやっている生徒がいるっていう噂よ」

〝悪魔〟――これはまた懐かしい名前が出てきましたね。

この世界には悪魔が実在します。しかもこいつらは極めてタチが悪いです。

悪魔は一種の『精神生命体』のような存在で、ターゲットとなる人間に取り憑くと、膨大な魔力を与える代わりに生命力を吸い取ります。

悪魔がもっともタチが悪い理由は、完全に乗っ取られてしまった素体は魂を奪われ、肉体は灰となってしまう点です。

こうなってしまってはアンデッドの素体としてまったく使い物になりません。

ゆえに〝悪魔〟は、死霊術士《ネクロマンサー》にとって決して相容れることのない〝不倶戴天の敵〟なのです。

「なるほど……悪魔ですか。それは良くありませんね」

「ええ、昔から心弱きものが悪魔に頼る伝承はたくさんありますからね。ただ単なる噂の可能性も捨てきれませんので慎重に調べましょう。まずは――簡単な方から片付けてしまいましょうかね」

「ええ、わかりましたわ」

ティーサロンを出た私たちは音楽室に向かいます。ここは七不思議の一つ、『勝手に演奏されるピアノ』の発生源と思われる場所です。

「生徒たちの噂によると、この七不思議は――夕方や夜に音楽室からピアノの音が聞こえるというものでしたわ」

「あら、勝手に演奏とあったので、無人のピアノが音を奏でていると思っていたのですが……違うのですね」

「さすがにそれだと本物の怪奇現象になるわね。でも今回はそこまで確認はされていないわ。たぶん実話に尾鰭《おひれ》がついただけじゃないかしら」

なるほど、であればアンデッドの可能性はかなり低いですね。ちょっと残念です。

「今日はサークル活動も行われていないはずだから、音楽室は無人の予定よ。ゆっくり調べられ――」

――ポロン……ポロロロン――。

アナの会話を遮るかのように、誰もいないはずの音楽室からピアノの音が漏れ聞こえてきます。

「ふふふ、さっそく一つ解決しそうですわね」

アナスタシアが悪戯っぽい笑みを浮かべます。

足音を立てないようにしながらふたりで音楽室に近寄ると、こっそりと扉を開けます。

中を覗き見ると、ひとりの生徒がまるで取り憑かれているかのように一心不乱にピアノを弾いていました。

「あの子は……」

私はこの生徒に見覚えがあります。

ピアノを弾いていたのは――私が目をつけていた三人の新入生のうちのひとり。

顔の左半分を長い髪で覆い隠した女の子、ピナ・クルーズだったのです。

41. ピナとナディアと七不思議

「……なかなか上手ね。たいしたテクニックだわ」

アナスタシアが呟いたのは褒め言葉。

私はアンデッドにしか興味が無いので音楽の良し悪しは全く分かりませんが、たしかに綺麗に弾けている気がしますね。

しかしなんでまたひとりで、まるで隠れるようにピアノを弾いているのでしょうか。

その謎の答えは、アナスタシアの口からもたらされました。

「あの子……顔が……」

「あら」

ピナが一心不乱に演奏しているうちに、髪で隠れていた顔の左半分が露わになります。

そこにあったのは――青黒い大きなアザ。

しばらく様子を見ていたアナスタシアですが、意を決したのか立ち上がって音楽室の扉を開けます。驚いて演奏を止めるピナ。

「っ?!」

「なかなかお上手ね。わたくしは二回生のアナスタシア、生徒会役員よ。あなたのお名前を聞いてもいいかしら？」

「……ピナ・クルーズです」

慌てた様子で髪を整え、また顔の左半分を隠すピナ。

「最近、この音楽室からピアノの音が聞こえるって相談が生徒会に来てるの。それはあなたなのかしら？」

「……はい。たぶんそうです」

「でもどうしてこんな時間にひとりで弾いてるの？」

「ピナは……こんな顔ですから」

そう言うとピナは、長い髪を手で掻き上げ顔の左半分を占める青黒いアザを見せてきます。

改めて見るとたしかに目立ちますね。

「このアザのせいで、みんながピナを気持ち悪がるのです。ですからピナは……ひとりで弾いてます」

「まぁそうですの？　それは良くないわね。あなたの素晴らしい才能は、たとえ顔にアザがあろうとなんら変わることはないわ」

ピクッ。ピナの肩が大きく揺れます。

「わたくしから先生や音楽サークルのメンバーに伝えましょうか？　あなたほどのピアノの才能を埋もれさせるのはもったいないもの。ですから……」

「結構です！」

ピナの口から飛び出してきた拒絶の言葉に、アナスタシアが動きを止めます。

「アナスタシア様のように綺麗なお顔を持っていたら、ピナもそんな風に思えたかもしれませんね」

「えっ……？」

「すいません、いまのは失言でした。……お先に失礼します」

ピナはそう言い放ったあとぺこりと頭を下げると、逃げるように音楽室から出て行ってしまいました。

あとに残されたのは、呆然とピアノの方を見つめるアナスタシアと、一言も言葉を発することなくただ立っている私。

うーん、私はなんの役にも立ちませんでしたね。

「……一応これで七不思議の二つ目は解決しましたわね」

「ええ、そうですね」

なんだか腑に落ちないといった感じの表情を浮かべるアナスタシアですが、すぐにいつもの輝かしい笑顔を蘇らせます。

「さぁ、では気を取り直して次に行きましょう！」

アンデッドが関わっていないのであれば長居は無用です。さっさと他の不思議を調査しましょう。

次に私たちが向かったのは美術室です。

壁にかけられている絵画の中の人物が動く、というのが調査する『七不思議』の内容になります。

既に描かれた絵が動くなんてことが実際に起こりうるのでしょうか。

美術室は、音楽室から少し離れた別の棟にあります。

私も何度か行ったことはありますが、普段は授業か美術系のサークルの活動でしか使われていない教室なので、いまは無人のはずです。

ですが――こちらにも先客がいました。

「ここにも人がいるわね……」

「そうですね」

怪奇現象を確認するために少しだけ扉を開けて中を覗き見ると、水色の髪に眼帯をつけた女生徒がひとりでぼーっと壁の絵を眺めています。

「おやおや」

なんと、今日は偶然が重なる日ですね。

彼女にも見覚えがあります。私が目をつけていた三人の新入生のうちのひとり、ナディア・カーディ・パンタグラムではありませんか。

今回はアナスタシアも躊躇することなくすぐに中に入って行きます。

「こんにちは」

「あっ……」

アナスタシアに声をかけられたナディアは、顔を真っ赤にしてすぐに目を逸らします。

「私は二回生で生徒会役員のアナスタシア、こちらは同じくユリィシアよ。あなたは？」

「は、はひ……あた、あたしは、ナディア・カーディ・パンタグラムといいます……パンタグラム男爵家の三女、でしゅ」

「そうなの、じゃあナディアって呼んでいいかしら。ねぇナディア、わたくしたちは生徒会のお仕事で『学園の七不思議』を調べに来てるの」

「は、はぁ……七不思議ですかぁ」

「ええ。その中の一つに、この教室の壁の絵が動くっていうものがあるのだけど、あなたは何か知ってるかしら？」

アナスタシアの質問を受けて、ナディアがサッと目を逸らします。

この子、どうやら私と同じようにコミュ症のようですね。なんだか一気に親近感が湧いてきます。

「し、知りません、そんな不思議なこと……あ、あれじゃないですかね？　み、見間違い？」

「そうよねぇ、わたくしもそう思いますわ。たとえば風が吹いて絵が揺れたのを見間違えたとか？」

——そのときです。

私の右目が僅かな魔力の動きを捉えました。

同時に教室の中に軽く風が吹きぬけ、風を受けた壁にかけてあった絵画がゆらりと揺れます。

「ほ……ほんとです、ね。風で……ゆ、揺れてます」

「そうね、やっぱりそうみたいね。ねぇユリィ、やっぱり風が原因よ。この七不思議はこれで解決で良いかしら？」

「ふぇ？」

「もうユリィってば、人の話聞いてる？　絵の人が動いたってのは、風で揺れた絵画を見間違えたってことでいいかしら？」

「え、ええ。いいと思いますわ」

私はアナスタシアの問いに答えながらも、ナディアの様子を伺います。

同じコミュ障だから分かる、明らかにほっとしている感じ。

ふーむ、実に不思議ですね。

なぜナディアはわざと風魔法を使って風を起こしたりしたのでしょうか。

「あーあ、二つも解決したらなんだか疲れちゃったわ。今日の調査はここまでにしていいかしら？」

「ええ、構いませんわ」

私はアナスタシアに頷き返すと、そのまま美術室を後にしたのでした。

◇

——その日の夜。

「……ということがあったのですよ」

「なるほど、なんだか変わった子たちでございますね」

変わった子。たしかにネビュラちゃんの言う通り、ピナとナディアは変わった子ではありません。ですが、もしあのふたりの能力を覚醒させようとするのであれば、彼女たちが抱える悩みを解決してあげる必要がありますね。

「なぜピナはアナスタシアの言葉に拒絶反応を示したんですかね」

「ボクにはそんな捻くれた女の子の気持ちなんてわからないでございますよ」

「なぜナディアは、わざと風魔法で誤魔化したりしたのでしょうか」

「ボクにはコミュ障の気持ちなんてわからないでございますよ」

こいつ使えませんね。もっとも、かくいう私も人の気持ちなんてさっぱりわかりませんが。

「まぁいいですわ。それでは……そろそろ行きますよ」

「えっ？　今からですか？　どこへでございますか？」

「もちろん学園へ、です」

「え!?　えーー？　こんな時間に学園ですか？　残業手当は出ますかね？」

私はブーブー文句を言うネビュラちゃんの首根っこを掴むと、夜の学園へと侵入します。

こんなときはネビュラちゃんのヴァンパイアとしての能力が大変役立ちますね。

闇魔法で闇に紛れると、警備している女兵士たちの間を難なくすり抜けていきます。

まず最初に向かったのは——『七不思議』の一つ、『深夜に一段増える階段』のある場所です。

噂の場所は、学園の東端にある三階から四階に向かう階段でした。わずかな月明かりが照らす階段の前で、私の右目はなかなか面白い現象を捉えていました。

「これは……珍しい。建造物内に次元門《ゲート》ですか」

「はい？　ゲートですって？」

なんとこの階段には、月明かりを浴びることで出現するゲートがあったのです。

試しに踏み込んでみると、一段下へと飛ばされます。

……なるほど、これは面白い。

「な、なんなんですか……これは？　一段、増えた？」

「これは階段一段分しか移動しない、超短距離型ゲートですね」

「はぁ？　超短距離型ゲート?!　そ、そんなものがあるでございますか？　……そもそもゲートとは数百キロという距離を飛ばすためのものではないのですか？」

「ゲートにはいろいろな種類があります。ですが人工物内に発生するケースで——しかもこれほど短距離移動するものなんて、私も初めて見ましたわ」

一般的にゲートは長距離を飛ばすものが主流となっています。

ですが、それは単に長距離移動のゲートが多く利用されているだけであって、実際には様々な距離と場所に飛ぶゲートが沢山存在しているのです。

かつての私も数百メートル程度しか飛ばないゲートを発見したことがあります。

ところが今回のゲートは月明かりの下でのみ出現する特殊出現型ゲートで、しかも移動距離が僅か階段一段分という、極めて珍しいものだったのです。

とはいえ、ただ珍しいだけであって実用性はありません。

発見したところで特に得るものは無いので、このゲートは基本的に放置ですね。

「さ、これで七不思議の一つは解決ですね」

「は、はぁ……しかしお嬢様はどうしてそんなに簡単にダンジョンやゲートを発見できるのですか？」

さぁ？　見えるものは見えるとしか言いようがないのですけど。

続けてトイレの亡霊を確認するつもりでしたが、こちらは行くまでもなく解決してしまいました。

「それは……たぶんボクでございます」

「はい？」

「実は、学園内で女子トイレに入るのが嫌でして、人の少ない旧棟のトイレをよく使っているのでございますよ」

謎が解けてみると、実につまらないものでした。トイレの亡霊の正体はネビュラちゃんだったのです。

しかもネビュラちゃんによると、旧棟には特に亡霊は居なかったとのこと。ああ、天然モノ……。

「はぁ……これ以上の調査は無駄ですね。今日は帰りましょうか」

「さようでございますね」

――ポロン――ポロロロン。

すっかりやる気を失ってしまって校舎を出ようとする私の耳に、昼間聞いたのと同じ音が飛び込んできました。

こんな夜中にピアノの音？　もしかしてこれが本物の七不思議なのでしょうか。

私がこのタイミングで学園内にいたのはまさに僥倖《ぎょうこう》です。すぐに確認に行きましょう。

あぁ、まだ見たことのないアンデッドがいると良いのですが。

42. お悩み解決

私はネビュラちゃんを連れてピアノの音が聞こえる音楽室へと向かいます。

最初こそアンデッドの仕業かと期待していたのですが、近づくにつれて私のワクワク感は薄れていきました。なぜならアンデッド特有の負のオーラというか、そういったものを全く感じなかったからです。

このピアノを弾いているのは、残念ながら未練を残して死んだゴーストでもスピリットでもありません。生身の人間です。

実際、教室を覗いてみると演奏していたのは――昼間と同じくピナでした。

「女の子、でございますね？　あれがお嬢様のおっしゃっていたピナ・クルーズですか？」

「ええ、そうよ」

「しかしなぜまた夜に演奏を？」

理由については心当たりがあります。

ですが私にとって理由などどうでも良いのです。彼女の悩みが解決し、優秀なアンデッド素体として覚醒してもらえるのであれば。

「こんばんは」

「っ!?」

教室に入って声をかけると、ピナが驚いて飛び上がります。

「ユリィシア……先輩」

「あっ。その響きいいですね」

「どうしてこんな夜中に……」

「それはこちらのセリフですわ、ピナ」

私には生徒会という名目がありますからね。たとえ不審がられても、生徒会の仕事だと言い張ればなんとでもごまかせます。

ですがピナは違います。いったいどんな名目で夜の学園に侵入していたのでしょうか。

そもそも学園の警備は、ヴァンパイアのネビュラちゃんでさえ闇魔法を使わなければ侵入できないくらい厳重です。

ということは――ピナもネビュラちゃん同様の手段を持っているか、もしくは他に手引きをしたものがいた、ということになります。

アンデッド素体としてランクの低い彼女がネビュラちゃん級の魔法を使えるとは思えません。また、演奏音が外に聞こえていたというのに、警備兵たちが気にしている様子はありません。

つまりピナは――。

「あなたは学園から許可を得て演奏しているのですね」

「……はい、そうです」

ピナは何か諦めたかのように、ピアノの前から立ち上がりました。

「ピナは……ピアノの才能を認められて特待生として入学を許可されましたが、未だギフトに目覚めていません」

「ギフトに覚醒していないのに特待生ですか。いかにあなたの音楽家としての素質が学園側から期待されているのか分かり――あっ」

ここで私は自分のミスに気付きます。

そもそも私の《鑑定眼《アプレイズアイ》》は剣術や魔法力などの戦闘能力を中心に鑑定を行うように設定していたので、ピナのように芸術側に寄った才能は対象外となっていたのです。
そこで今回、音楽の才能を踏まえ改めて鑑定してみると——ピナの真の能力が浮き彫りになりました。

——**ピナ・クルーズ**——

年齢：**15歳**
性別：**女性**
素体ランク（芸術／音楽）：**A**
適合アンデッド：
バンシー（C）……99％
ララバイゴースト（B）……59％
マエストロ・ファントム（A）……18％

表示されたのは、これまでとは全く異なるアンデッドの名称。
ピナは戦闘向きではないものの、レアリティの高い貴重なアンデッドの資質を持っていたのです。

——なるほど、そういうカラクリでしたか。

これは完全に盲点でしたね。とても勉強になりました。

「たしかにあなたは才能を持っているようですね」

「……ピナは平民です。貴族の方のように将来を約束されているわけではありません。だからどうしても今以上の才能に目覚める必要があるのですが……ダメなんです。この顔のアザが、全てを狂わせているのです」

それにしても初めて見る名前のアンデッドばかりですね。

よもやアンデッドに芸術的な資質を持った存在があったとは……死霊術《ネクロマンシー》のなんと奥深いことか。

「小さな頃から、お前の顔にアザさえなければってずっと言われ続けていました。だからいつも人の目線が気になって……ピナはどうしても人前で演奏することができなくなってしまったのです」

「ほぅ」

「人前で演奏できなければピアノ奏者になどなれるわけがありません。だけどこの顔のことがどうしても気になって、乗り越えることができないのです。このままではピナは……ぅぅぅ」

この子、覚醒させたらどんな素質を開花させるのか……実に気になります。

現時点でAランクが見えているので、この調子ですとSランクは固いのではないでしょうか。もしかするとSSランクも？

「一つ確認します。ピナは顔のアザさえ消えれば大きな悩みは解決しますか？」

――アザが消えれば。

その言葉を聞いた瞬間、ピナの顔色が変わりました。

「ええ、変わるわ！　変わりますとも！　ピナがどれだけこのアザのせいでひどい目にあってきたか！　今だって同級生たちからも顔のアザのことを気味悪がられているし……。それだけじゃない、ピナは知ってるの。みんながピナのことを陰で『ゾンビ顔《フェイス》』って言ってるってね！　ピナにわからないように、近くで鼻をつまんだりしているのよ！　まるで腐ってるみたいって、そんなの……辛いに決まってるじゃない！」

「あなたの顔は、とても可愛らしいわ」

「そんな表面だけの言葉なんて聞き飽きたわ！　アナスタシア皇女も似たようなことをおっしゃっていたけれど、ピナはうわっつらだけの言葉なんていらないの！　それよりも……ピナを普通の顔にしてください……うぅぅ……神様お願いします……」

涙を流すピナを私は優しく抱きしめます。

だって涙を流す女の子が可愛らしくて仕方ないんですもの。

ええ、もちろん役得です。年下の子を抱きしめるというのも実に良いものですね。

「わかりましたわピナ、私におまかせなさい」

「えっ？　それってどういう……」

「私が、あなたの人生を変えてみせましょう」

私はピナにゆっくりと手を伸ばします。

ですが――ネビュラちゃんがその手を遮りました。

「お嬢様、学内でアレをなさるのは危険でございます。場所を変えたほうがよろしいかと」

「たしかにそうですね、分かりました。ではピナ、明日の放課後に私のメイドであるこのネビュラがあなたを迎えに行きます。もしあなたが真に変わりたいというなら、必ずついてきてくださいね。今夜の続きを行いましょう。それと――」

私は人差し指を唇に当てながらピナに言います。

「今夜のことは、他言無用でお願いしますね？」

私の脅しのような確認に、素直なピナはただ黙ってコクコクと頷いてくれたのでした。

◇

翌日の放課後――。

私はいつもの墓地でひとり、墓石にもたれかかるようにして黄昏《たそがれ》ていました。

人を待つというのは悪くありませんね。前世ではあまり人と接することがなかった私が、こうも他人と深く関わっているのですから……本当に不思議なものです。

「お嬢様、お連れいたしました」

ちゃんと逃げずにやってきたピナは見るからに怯えています。

でも大丈夫ですよ、今すぐあなたを最高のアンデッド素体にしてあげますからね。

「あの……ユリィシア先輩、ここ墓地ですよね？　こんなところで一体何を……？」

「あ、その響きが良いのでもう一度言ってもらえますか？」

「え？　ユリィシア……先輩？」

あぁ、何度聞いても素晴らしい響きですわね。ずっと聞き続けていたい……。

「あのー、ここで一体何をなさるのですか？」

「もちろん、あなたのそのアザを治癒しますわ」

「——はい？」

私の言葉に、ピナは意味がわからないといった様子で戸惑っています。

「あの……治癒というのは？　ピナの顔はお医者様でもさじを投げたアザなのですよ」

「あなたはそのアザを取りたいのでしょう？　取れば、すべての問題は解決するのですよね？」

「……そ、それはそうですが……このアザさえ消えてくれれば、ピナだって……でも……」

「わかりました。ではあとは私におまかせください」

「えっ!?」

私はそう言うと、ピナの頭に《祝福の唇》を落とします。

彼女のアザは生まれつきのものであり、根治は容易ではありません。ですが『生命の樹《セフィロト》』を持つ私であれば不可能なことではありません。

さぁ、久しぶりに全力で治癒を行いましょうか。

「ではいきますわよ――『治療《トリート》』」

「ふわぁぁあぁあぁ!?」

ピナの全身が、私の右手から放たれた光に包まれます。

次の瞬間――私の魔力が、ピナの中で一気に炸裂しました。

「ああ……とっても暖かいです」

そう呟きながらすぐに失神するピナ。

今回はかなり深い場所から作り直すイメージとなるので、肉体にかかる負荷も高かったのでしょう。

ここぞとばかりに『生命の樹《セフィロト》』を使い、顔の左半分を丸ごと入れ替える勢いで治癒の力を注ぎ込みます。すると――。

「あぁ……有頂天《エクスタシィ》ですわ」

久しぶりに体験するめくるめく快楽に、私は恍惚としながら身を委ねました。

治癒を終え、満たされた気分の私はネビュラちゃんから受け取ったタオルで汗を拭きます。今回はなかなかの大仕事でしたね。

しばらくすると、気を失っていたピナが目を覚ましました。

「あ……あれ？　ピナは……いったい何を……」

「もう全て終わりましたよ」

「ふぇ!?」

「ピナ様、こちらをご覧ください」

驚くピナに、ネビュラちゃんが用意していた手鏡を渡します。

恐る恐る受け取ったものの、すぐに顔を見ることが出来ずにいるピナ。

「大丈夫ですよ、ご覧なさい」

「は、はい……」

私の治癒は完璧です。

ゴクリと唾を飲み込みながらピナが鏡を覗き込むと――。

「あ……ああ……あああ……」

どうしたのでしょう。鏡をじっと見つめたまま、ガタガタと震え始めます。

「ピナ、どうしまして？」

「……アザが……ピナを苦しめていたアザが……無いのです！」

なんだ、そんなことでしたか。

「ええ、ありませんよ。私がちゃんと治癒しましたからね」

「信じられない……ピナをずっと苦しめていたあのアザが消えている……これは夢？」

「夢などではありませんわ」

鏡を見ながら、何度も何度も自分の顔を撫でるピナ。

しばらくして、ようやく現実であると受け入れてくれたのか——動きを止めると、今度は大粒の涙を零し始めました。

「うっ……ううっ……」

ポロリ、ポロリと頬を伝い落ちたかと思うと、すぐに両目から止めどなく涙が溢れ出します。

「うわぁぁぁぁあああぁぁーーん!!　ピナを苦しめてたアザが消えたよぉぉぉぉおおぉぉーーっ！」

「ええ、ちゃんと全部治癒しましてよ？」

「信じられないよぉぉぉぉ！　夢みたいだよぉぉぉぉ！　だけど、だけど……夢が叶ったよぉぉおおぉぉーー!!　うわぁぁぁぁあああぁぁーーん!!」

泣きながら私にしがみついてくるピナ。

どうしていいかわからない私は、とりあえず彼女の頭を……出来るだけ優しく撫でてみるのでした。

43. 信者の誕生

その日、リベルタコリーナ学園の一回生の教室はざわめきに包まれていた。

なぜなら――見慣れない美少女が、輝くような明るい笑みを浮かべながら颯爽と教室内に入ってきたからである。

クラスメイトたちはその美少女に目を奪われながらも、いったい誰なのかすぐには理解できなかった。だが特徴的な髪色から、ひとり、またひとりと彼女の正体に気付き始める。

「あれ？　あの子ってもしかして……ピナ・クルーズ!?」

「ウソっ!?　顔にすごいアザかあった子でしょ？　全部消えてるじゃない!?」

「あんなに明るい笑顔ができる子だったんだ……」

今のピナには、性格の悪いクラスメイトたちが陰ながら揶揄していた〝ゾンビフェイス〟の面影は――もはや無い。

髪をアップにし笑顔で堂々と顔を晒すピナの素顔は、誰もが驚くほどの美貌だった。

だがどうして彼女のアザは消えたのか。なぜ別人のように自信にあふれた表情を取り戻しているのか。

他の生徒たちの疑問に答えることなく、ピナは教室のど真ん中を堂々と歩いていく。

向かった先は、ただひとりで外を眺めていた生徒——ナディア・カーディ・パンタグラムの目の前。

「こんにちは、ナディア」

「ふわっ⁉　あ、あなたは……ピナしゃん⁉」

急に声をかけられて慌てるナディアを気にすることもなく、横の席に座るピナ。

「……あなた、大きな秘密がありますね？」

「ふぇっ⁉」

「あなたの悩み、苦悩。そのすべてを——あのお方が解決してくれます。ですので放課後、ピナについてきてもらえませんか？」

「ふぇ、ふぇぇぇぇぇ……」

ピナのあまりの推しの強さに、大人しくて陰キャなナディアは逆らうことなどできるはずもなく。

ブルブルと震えながらつい頷いてしまうのだった。

迎えた放課後——ナディアがピナに連れて来られたのは、校舎の敷地の少し外れにある古びた墓地。まさかの場所にナディアの不安が一気に増大していく。

だが墓場で待ち構えていたのは、お化けや幽霊などのアンデッドではなく——完全に予想外の人物であった。

白銀色の長い髪に、均整の取れたすらりと伸びた手足。まるで絵画から飛び出してきたかのように整った容姿。

彼女は《白銀の天使》ユリィシア・アルベルトではないか。

三妃が参加した伝説のデビュタントでふたりの妃から『花の公認《フロウ・リセンティア》』を受け取り、《幻の王子》ジュリアスと相思相愛でありながら、立場を弁えてプロポーズを断った悲劇の令嬢。

《白銀の天使》ユリィシアの名は、学園にいる乙女たちであれば誰ひとり知らないものはいないほどだ。

先日、美術室で邂逅《かいこう》したものの、それほどの超有名人であるユリィシアが、陰キャで底辺な自分にいったい何の用があると言うのだろうか……。

「ようこそ、ナディア・カーディィ・パンタグラム。私は生徒会のユリィシア・アルベルトです。あなたのことはナディアと呼んで良いかしら？」

「は、はひっ！　ユリィシア先ぱひっ！」

憧れの女性に名前で呼ばれ、焦って噛んでしまうナディア。

対するユリィシアはまるで気にした様子もなくナディアに一歩近づいてくる。

「うふふ、とても素敵ですね。もう一度、今の呼び方で呼んでいただけます？」

「ゆ……ユリィシア、せんぱい？」

「あはっ、素晴らしいですわ」

ユリィシアの――まるで天使のような笑顔を前にして、ナディアは恥ずかしさのあまり顔を真っ赤に染めてしまう。

「わざわざ来ていただいたのは他でもありません、私は――あなたの悩みを解決して差し上げたいのです」

「ふぇ?!」

いきなり核心をつかれて戸惑うナディア。

実際ナディアは抱えていたのだ。学園の生徒が誰も知るはずのない、大きな悩みを。

だが続けてユリィシアが放った決定的な言葉に、ナディアは驚きのあまり完全に言葉を失ってしまう。

「あなた……《魔眼》持ちですわね？」

「なっ!?」

なぜ……どうしてこのひとは、そのことを知っているのか。

実はナディアは――《魔眼》と呼ばれる、見るだけで効果を発揮する特殊なギフトを持っていた。

だがそのギフトこそが、彼女を大きく悩ませる要因となっていたのだ。

「なぜ、そのことを……」

「しかもあなたの《魔眼》はかなり変わっているようね。もしかして――絵画に関係あるかしら？」

「そ、そこまでご存知とは……」

ユリィシアのこの一言で、ナディアは完全に観念する。

この美しいひとは、自分の秘密を知っている。もはや誤魔化しても意味などない。

そもそも彼女は自分の悩みを解決すると言っているではないか。ならば全てをさらけ出してもよいのではないか。

何よりこの美しい人を前にして、神秘的な瞳に見つめられて、隠し事などできようはずもない。

ナディアはついに覚悟を決めると、重い口を開く。

「実はあたし……絵を描く魔眼――《描画眼》を持っているのです」

「おや、まあ！　これはまた珍しいギフトですね」

彼女が持つのは、目で見た先に自動的に絵を描くという、歴史上一度も発見されたことのない一風変わったギフトであった。

だがこの魔眼、使用にあたりひとつ大きな問題を抱えていた。

「ですがあたしは――この《描画眼》を、まったく制御できていないのです……」

絵を描こうとすると、思い通りに描けない。

それどころかイメージしているものと全く違うものを描いてしまう。

もはや芸術とは呼べない、ただ色を塗ったくるだけの行為。

「このままだとあたし、学園を退学しなくちゃいけなくなるのです。なにせ男爵家の三女なので、特待生じゃなくなると学費が払えなくて……」

「あらあら、それは大変ですね」

「だからあたし、学園側と相談して美術室を借りて、他の生徒に知られないようにひとりで訓練をしていたのですよ」

ナディアの説明に、ユリィシアは顎に手を当てながら悩ましげに頷く。

「なるほど、ではやはり動く絵画の正体はあなただったのですね」

「ええ……それはたぶん、あたしの能力が暴走したのを誰かに見られてしまったのではないかと。この魔眼、キャンバスが無いと近くの絵を勝手に上塗りしてしまうんですよね」

これまで《描画眼》が引き起こしてきた様々なトラブルを思い出し、つい落ち込んでしまうナディア。

だが彼女の肩にそっと添えられる手があった。ピナである。

「ナディアもいろいろと苦労していたのね」

「えっ？　あなたも？」

「うん。ピナも大きな悩みをひとりで抱えて、いまにも潰れそうになってた。でも……ユリィシア先輩が気付いてくれた。ハッキリとはおっしゃいませんが、何かギフトを持っているのかもしれない」

ギフト……なるほど、それであの美しい人は自分の魔眼のことに気付いたのかとナディアは納得する。

「ユリィシア先輩はとても心優しい方。人が抱えている悩みや苦しみに気付いたら、放っておくことができないのです」

「苦しみを……放っておけない？」

「ええ、だからユリィシア先輩はピナのアザを治してくれた」

アザ……そういえば先日まであったピナの顔のアザは綺麗に消えていた。あれもユリィシアが治したというのか。

「治療のあと、ユリィシア先輩はナディアも苦しみを抱えてるとおっしゃいました。だから今度はピナがナディアをここに連れてきたのです」

髪の一房が白銀色に染まったピナが、深い信頼を込めた瞳で見つめる先にいるのは――同じ白銀色の髪を持つ天使のような女性《ひと》。

「ありがとうございます。でも……あたしの《描画眼》はケガや病気ではなくてギフトだから、どうにかできる訳が――」

「なるほど、わかりました。ではその魔眼をうまくコントロールできれば、ナディアの悩みは解決するのですね？」

「そ、それはそうですが……でも前例のないギフトで、先生方もさじを投げてしまって――」

「問題ありませんわ。私がどうにかいたしましょう」

「はい？」

あまりにもあっさりと口にするユリィシアに、逆にナディアは戸惑ってしまう。

「ど、どうにかって……いったいどうやって？」

「大丈夫です。力を抜いてください」

急にユリィシアの整った顔が近づいてくる。

慌てたナディアが顔を逸らそうとするが、当のユリィシアに両頬をがっしりと掴まれてしまう。

——ふわり。柔らかい感触がナディアの額に舞い降りる。

鼻腔を擽《くすぐ》る花のような香りに、一瞬陶然《とうぜん》とするナディア。

額に触れたものがユリィシアの唇であると気付いたのは、数秒後のことだった。

「あ、あわわ……」

「ではナディア。私の目をじっと見てください」

まるでキスをされるかのように近づいてくるユリィシアの顔。

「そのまま私の目を見て。逸らさないで」

「は、はひ……」

あぁ、あたし——このまま堕ちてしまいそうだわ。

そんなことを思いながら、ナディアはユリシィアの美しい宝石のような瞳をじっと見つめたのであった。

◆
◇

ここは花牡丹寮の最上階にある、王族だけが滞在を許される『高貴の間』。

かつてカロッテリーナ姫が滞在していたこの部屋の現在の主人は、帝国第三皇女のアナスタシアである。

アナスタシアは侍女に紅茶を注がせながら、目の前に座る女生徒の報告を聞いていた。

アナスタシアの対面に座る鋭い眼光の少女。

彼女の名はシャーロット・ルルド・アリスター。ユリィシアが目をつけていた三人の一回生のうちのひとりである。

「それでは報告させていただきます、アナスタシア皇女様」

「いつもご苦労様、シャーロット」

「いえ、帝国に仕える身として当然ですので」

シャーロットは帝国からアナスタシアの支援を行うために送り込まれた手駒であった。

彼女はアナスタシアの剣となり盾となるためにこの学園にやってきており、いまもアナスタシアの求めに従い収集した一回生に関する情報を報告していたのだ。

「それでユリィシア・アルベルトですが……ピナ・クルーズに続いて今度はナディア・カーディ・パンタグラムを籠絡いたしました」

「まぁ……！」

「ピナに呼び出された翌日、ナディアは眼帯を外して実に晴れやかな表情で教室に入ってきました。

別人のように変わった様子はピナのケースと同じです」

「ユリィは、本当にすごいのね」

シャーロットの報告を聞きながらアナスタシアは嬉しそうに頷く。

だが聡いシャーロットは気づいていた。

アナスタシアの目が――まったく笑っていないことに。

「追跡しようかと思いましたが、メイドと獣人の従者に感づかれそうになったので断念しました」

「あなたの追跡に気付くなんて、ユリィの手駒もなかなか優秀ね」

「そこで仕方なく――私はピナとナディアに直接接触を試みました」

「あら、やるじゃない。なんて聞いたの？」

「ストレートに『あなたたちはどうしてそんなに変われたのか？』と」

「へぇ……それでふたりはなんて答えたのかしら？」

「ふたりは口を揃えて『ユリィシア先輩のおかげです』と。さらには『あなたも一緒にどうですか？』とも言われました」

「まぁ、あははははっ！　面白いわぁ、まるでユリィシア教の信者じゃない！」

ついには声を出して笑うアナスタシア。

だが逆にシャーロットは寒気を覚える。

彼女は恐ろしかったのだ。他でもない――アナスタシアのことが。

「よかったわね、あなたも誘われて。いいのよ、ついていっても」

「いえ……私にはアナスタシア様がいらっしゃいますので。それに今は作戦進行中です」

「あぁ、そうだったわね。準備の方はどうかしら？」

「全てが順調に進んでおります」

「――計画通りね」

アナスタシアは一気に表情を消すと、紅茶を口に含みながら独り言のようにつぶやく。

「ではシャーロットは引き続き内密に作戦を続けなさい。もしユリィに関連して何かあったら、すぐわたくしに報告するように」

「……わかりましたアナスタシア様」

シャーロットが退室した後、誰もいなくなった部屋でアナスタシアはひとり、大きく息を吐く。

「ふぅ……ユリィシア・アルベルト……いいえ、ユリィ」

アナスタシアが思い浮かべるのはユリィシアのこと。

帝国の第三皇女であり王国の第二王子の婚約者でもあるアナスタシアは、他の誰でもないユリィシアのことを考えていた。

「あなたは本当に不思議な人ね。なぜわたくしを拒絶したピナ・クルーズはあなたに靡《なび》いたのかしら？　どうして？　わたくしのほうが地位も人望も上なのに」

アナスタシアには理解できなかった。

自分のほうがピナとは優しく接したはずだ。なのになぜ、一言も話していなかったユリィシアと親密になっているのか。

「それに、ナディア・カーディ・パンタグラム……前に会った時にはわたくしには何も話さなかったというのに、なぜユリィには懐くの？　ジュリアス王子やジュザンナ準妃もそう。なぜみんなあなたに夢中になるのかしら……」

ピシッ。アナスタシアの持つティーカップが鈍い音を立て、表面に亀裂が走る。

「わからない……わたくしにはわからない。この胸の奥に蠢くものは、一体何なのかしら？」

アナスタシアはひとり、自分の胸に手を当てる。

帝国の第三皇女と剣爵令嬢との間には、圧倒的なまでの立場の差がある。

本来であれば、アナスタシアにとってユリィシアなど取るに足らない存在であった。

なのに、なぜか無視することができない。

自分はなぜこうもユリィシアの事を意識してしまうのか――。

湧き上がってくるのは未知の感情。

これから己がやろうとしている計画が、果たしてどのような結果を生むのか。

ユリィシアが今後辿るであろう過酷な運命を、聡明なアナスタシアはすでに見通していた。

だがそれでもなお、彼女は進むことを止めようとしない。

「ユリィ。あなたはもうすぐおしまいよ。あなたはこのわたくしの糧となって……消えるがいいわ」

44. 報告

「はっ！」

「しぇあっ！」

大勢の生徒たちが見守る中、鋭い声に併せて剣と剣がぶつかり合う音が響きます。

剣を交えているのはウルフェと、アナスタシアの護衛を務める黒い鎧に身を包んだ騎士ランスロットです。

ちなみにランスロットは青髪をポニーテールにした爽やかな笑顔のイケメンです。もっとも素体ランクはBなのでさほど興味はありませんが。


さて、なぜウルフェとランスロットが剣を交えているのかというと——今日は従者だけが参加できる年に一度のトーナメント『従者競技会』が行われる日だからです。

従者競技会は、従者たちにとって日頃の鍛錬の成果を主人に見せる貴重な機会なのですが、その一回戦でウルフェはランスロットに当たってしまったのです。

「しぇぇあああっ！」

「っ!?」

ランスロットの剣がウルフェの剣を弾き飛ばし、勝負は決します。

「きゃあーー！」「ランスロット様、すてきー！」「さすがはアナスタシア様の従者ですわ！」

周りから一斉に黄色い声援が飛びます。

ほとんどが勝者であるランスロットに向けられたものなのですが、中には――。

「ウルフェ様、さすがユリィシア先輩の従者なのです！　素晴らしい戦いであたし感動したのです！」

「ナディアだけずるーい！　ピナも応援してたし、感動もしてたのにっ！」

おやおや、例の件以来すっかり懐いてしまったピナとナディアが、ウルフェに労いの言葉をかけていますね。

ピナの顔のアザは、治癒魔法と『生命の樹《セフィロト》』の組み合わせで完治させることができました。

またナディアの魔眼には《審罰の左眼》で制限をかけることで、暴走しないよう制御できるようになりました。

その結果、ピナは人前で堂々とピアノの演奏が出来るようになるとともに演奏のギフトにも覚醒。

ナディアも魔眼をコントロールして少しずつ絵を描けるようになったのです。

ふたりとも目に見えて明るく――陽キャになってしまったのは想定外ですが、芸術系Sランクアンデッドという素晴らしい素質を見事に開花させました。

私の最大魔力値も一割近く上昇し、実に美味しい経験でしたね。うふふ。

「いやぁ、実に良い勝負でござったな！」

変な訛りでウルフェの健闘を称えながら、右手を差し出すランスロット。

ウルフェが握り返した瞬間、周りの女生徒たちから今日一番の黄色い歓声が上がります。

微笑み合うイケメン同士。うーん、見るに堪えませんね。

「参りました、完敗ですランスロット様」

「いやいやウルフェ君もなかなか強いでござるよ！　さすがは皇女様のご友人の従者を務めているだけのことはあるでござるな！」

「いえいえ、ランスロット様には及びません。……では俺はお嬢様への報告があるので、これで失礼します」

「うむ、また模擬戦しようでござるな！」

試合後の挨拶を終え、戻ってきたウルフェに私は労いの言葉をかけます。

「よく頑張って負けましたね、ウルフェ。誰もあなたが手を抜いていたなんて気付いていませんでしたよ」

「お褒めに預かり恐縮です、お嬢様」

今回、ウルフェにはわざと負けてもらいました。下手に活躍して悪目立ちしたら面倒ですからね。

「もしかしてウルフェは本気で戦いたかったですか？」

「いえ、そんなことはございません。確かに相手は憎き帝国の騎士ですが、これもお嬢様のお望みですし――なにより俺が真の実力を発揮するのは、お嬢様を守る時のみ。このような余興の場で無闇に手の内を披露する気はありません」

爽やかな笑顔で答えるウルフェ。

うーん、やはりイケメンの笑顔はイラつきますね。

「ユリィ、残念だったわね。だけどあなたの騎士もなかなかの腕をお持ちなのね」

向こうからやって来たアナスタシアが笑顔で声をかけてきます。

やはり笑顔は女性に限りますね。一気に機嫌が良くなり私も満面の笑みを返します。

「ありがとう、アナ。でもウルフェは騎士ではなくて従者ですわ」

「あら従者なの？　だったらもしかしてわたくしが騎士としてスカウトできたりするのかしら？」

「それは無理ですよ、アナ。私はウルフェを手放すつもりはありませんからね」

「うふふ、冗談だからそんなに怖い顔をしないで。それよりも――大会が終わったら一緒に生徒会長のところに報告に行きますわよ」

はて、何か生徒会に報告するようなことがあったでしょうか。

◇

結局、今年の『従者競技会』はランスロットが優勝しました。

前年はカロッテリーナの従者が優勝し、ランスロットが準優勝でしたので順当な結果と言えます。

従者の中に掘り出しモノがいないか期待しながら観察していたのですが、残念ながらイマイチ優良な素体は見つかりませんでしたね。

新たに得るものが何もない無駄な時間を過ごしたあとの放課後、アナスタシアに引き連れられてしぶしぶ生徒会室にやってきました。

待ち構えていたのは生徒会長のエドゥアール。私は相変わらずこの人が苦手なので、会話は全てアナスタシアにお任せします。

「よく来てくれたね、アナスタシア、ユリィシア」

「お待たせしましたエドゥアール会長。それでは『学園の七不思議』に関するこれまでの調査状況を報告させていただきます」

……あぁ、そういえば七不思議の報告をすっかり忘れてました。

棒立ちの私を気にした様子もなく、アナスタシアが現在の調査結果を黒板にチョークで書き始めます。

〈解決済み〉

○『地下にある開かずの部屋』

——生徒会用の備品倉庫のこと。

○勝手に演奏されるピアノ

——ある生徒が、学園に許可を取り演奏していた。

△旧棟トイレの亡霊

——誰かが旧棟のトイレを使っていたのを見間違えたのではないか。

○動く絵画

——風で揺れた絵画の見間違いと確認。

△深夜に一段増える階段

——数え間違いでは？　そもそも夜に学園への立ち入りは不可。

〈不明〉
・七人の聖導女
・黒魔術のミサ

―――――


「○は確定、△は見聞きした情報からの推察になります。不明の二つは現時点では有力な情報を得られませんでした」

深夜に一段増える階段など、一部私が知っている事実と異なる答えもありますが、あえて口に出したりはしません。さっさとこの面倒な仕事から解放されたいですからね。

「以上がわたくしたちが調査した結果です。必要があれば証人を用意致しますが――」

「いや、これだけでも十分な成果だよ。ありがとう、感謝する」

「ユリィが手伝ってくれたおかげですわ」

「そうみたいだな。流石だなユリィシア・アルベルト」

「恐縮です」

結局、『学園の七不思議』のすべては解決しませんでした。

一応五件については解決としていますが、残り二件――『黒魔術のミサ』と『七人の聖導女』については調査すらしていません。

「残りの二つはちょっと物騒だから、聖女でもあるワタクシが直接調べるよ。とりあえず今回お願いしたお仕事はここまでで結構だ、お疲れ様」

「お役に立てたようで良かったです」

「では最後に――今回の調査結果を簡単にまとめた報告書を提出してもらえるかな」

「かしこまりました、エドゥアール会長」

会長室を出ると、アナスタシアが軽く伸びをしたあと緊張の解れた笑顔で話しかけてきます。

「ユリィ、これで一つの仕事が終わりましたわね。報告書はわたくしが出しておきますから、明日ふたりで打ち上げでもしませんこと？」

う・ち・あ・げ!?

それって、仲の良い友達同士が仕事の終わりに飲んだり食べたりするという、伝説に謳われた会合のことですよね!?

それを――アナスタシアとふたりっきりでするというのですか!?

「あら、わたくしとではお嫌かしら？」

上目遣いのアナスタシアに、私は慌てて首を横に振ります。

「お嫌なものですか、むしろ大歓迎です！」

「ふふっ、なら良かったわ」

一世一代のビッグイベントです。これは正面から受けて立たなければいけませんね。

「でもどうしましょう。わたくしこれからエドゥアール会長に少しお話があって生徒会室に戻る必要があるから、打ち上げの用意は――」

「大丈夫です。せっかくのお誘いですので、私が打ち上げの用意をしましょう」

そう伝えると、アナスタシアの表情がパッと輝きます。

「まぁ嬉しいわ！　じゃあせっかくだからユリィが好きな場所で自由に用意してもらえるかしら」

ええ、お任せください。私の全力をアナスタシアにお見せしようではありませんか。

「もちろん。さっそく帰って準備を始めます」

「うふふ、すごく楽しみ！」

前世ではコミュ障で友達ひとりいなかった私が、とうとう友達と打ち上げをすることになるなんて――まるで夢のようです。

「ではまた明日ね」

小さく手を振ると、アナスタシアはまた生徒会室へと戻っていきます。

「エドゥアール会長、聖女【英霊乙女《えいれいおとめ》】としてのあなたに少しお話があるのですが――」

何か難しい話でしょうか。おそらく私には関係ない内容だと思いますので、気にせずその場を立ち去ることにします。

あぁ、早く帰って明日の打ち上げの準備をしなければ……。

私、とってもワクワクしてきました。

45. 打ち上げ

その日の夜。

私はネビュラちゃんと夜の学園に忍び込み、打ち上げに向けた仕込みの準備に勤しみます。

「うふふ、これでアナに喜んでもらえるかしら。人を喜ばせるというのもなかなか難しいものですね」

「えーっと、皇女様も女の子なのですから、シンプルに美味しいお菓子とお茶だけを用意すれば良いのではないでしょうか……むしろ今のこの仕込みの方が意味不明かと」

ネビュラちゃんともあろう人が、この仕込みの大切さが分からないとは。私と同じ価値観を持っていると思っていたのに……実に残念です。

「ですが、確かにネビュラちゃんの言う通りお菓子も必要ですね。普段あまり食べませんから、なにを用意すれば良いのか分かりません」

「お菓子であればボクが用意しますよ」

「まぁ、ネビュラちゃんは本当に役に立ちますね。あなたの女子力の高さにはいつも感心します」

「あのー、お忘れかもしれませんが、ボクは一応おと——いえ、なんでもございません」

たまに変なことを言いますが、ネビュラちゃんは実に優秀な子です。

この件が片付いたら、私の【不死の軍団《ヘルタースケルター》】の部隊長に任命しても良いかもしれませんね。

「それで、打ち上げの会場はどこなのですか？」

「私が好んで行く場所が良いと言われましたので、いつもの墓地に来てくださいと手紙をしたためてお伝えしています」

「えっ!?　ぼ、墓地で打ち上げですか？」

「あら、ネビュラちゃんは素晴らしい場所だと思いませんか？」

「ボクだったらドン引きしますけどね」

まぁ。アンデッドのくせに酷いこと言いますね。

「アナをあなたと一緒にして欲しくはありません」

「……そ、そうですか。でしたらご自由になされればよろしいかと」

「そうさせてもらうわ」

「それで、ほかに条件はありますか？」

「せっかくだからふたりきりが良いと言われていますね」

「でしたら、ボクやウルフェ様は離れた場所にいた方が良いでございますね」

「そうですね、この際ですのでふたりとも休暇を取ると良いでしょう」

あぁ。アナとふたりきりで打ち上げなんて、本当に楽しみです。

◇◆

翌日の放課後。

私は打ち上げ会場となる墓地に、待ち合わせ時刻の一時間以上も前に到着しました。

今日の墓地は、いつもの殺風景とは違なり華やかな雰囲気になっています。

なにせネビュラちゃんにお願いして日傘やテーブルを配置し、お菓子やお茶なども用意していますからね。

ただ、準備時間が不足していたせいで一部に実験用の器具を使い回しているのがどうにも良くありません。もうすこし可愛らしくならないものでしょうか。

試しに地面に模様でも描いてみようと思い、近くに落ちていた木の棒でガリガリと地面を刻んでゆきます。うん、悪くありませんね。

今回の準備、アナスタシアは驚いてくれるでしょうか。

あの仕込みを喜んでくれるでしょうか。

彼女の表情を思い浮かべるだけでワクワクドキドキが止まりません。

妄想と作業に夢中になっていたせいで、ジャリ……と足音がするまで人の接近に気づくことができませんでした。

予定時刻には少し早いですが、もうアナスタシアが着いたのでしょうか。

「アナ、少し早いのでは――」

「ユリィシア・アルベルト」

アナスタシアとはまったく別人の声に驚いて振り返ると、立っていたのは――生徒会長のエドゥアールではありませんか。

見慣れた制服姿ではなく聖女服に身を包んだエドゥアールは、いつもと違う真剣な表情を浮かべています。

あの服、前世のトラウマを呼び起こすんですよね。何だか嫌な予感がします。

「エドゥアール会長。どうしたんですか、こんなところにいらっしゃって」

「君は……ここで何をしているんだ？」

「何をって、ただの準備です」

「準備？　まさか、アナスタシアの話は本当だったのか……」

アナスタシアの話？　それってどういう――。

「今回の『学園の七不思議』の調査過程において、とある情報がワタクシの耳に飛び込んできた」

「はえ？」

「それは、七不思議のうちの一つである『黒魔術のミサ』が本当に行われている、というものだ」

黒魔術のミサとは、俗に言う悪魔を喚び出す儀式のことです。

ですが、そもそも悪魔は儀式で召喚するような類のものではありません。あれは心の隙間に突如忍び込んでくる〝災厄〟のようなものです。

どこからともなく忍び寄り、ただ魂を蝕《むしば》み奪い取るのみ。

それが――悪魔。

なので私は『黒魔術のミサ』の噂については、最初から真実ではないと思っていました。本物なら、学生の噂に上ることなどありえませんからね。

「そんなことをする人間が、この学園にいるのですか？」

「なにをとぼけている。それが君なのだろう？」

「はい？」

エドゥアールはいったい何を言っているのでしょうか。

「とぼけるんじゃない。実際に君はミサの準備をしているじゃないか！」

「……申し訳ありませんが、どこが黒魔術のミサなのでしょう？」

「どこからどう見てもそうじゃないか！　ほら、そこに祭壇と供物が！」

えーっと、打ち上げ用に準備したテーブルとお菓子ですかね。

「ポットに入った液体は毒物かっ?!」

いいえ、ただの紅茶です。

「ウソをつくな！　だったらなぜそのように凶々しい道具ばかりを揃えているんだ！」

あぁ、確かに実験器具って無骨ですよね。ですが利便性を追求したフォルムは、それだけで機能美を備えていると思いません？

「極めつきは地面に刻んでいる魔法陣！　なにか邪悪なものを喚び出すものではないのかっ!?　ワタクシの聖女としての直感がビンビン訴えかけてくるぞ！」

「えっ？」

あらいけません、私としたことが無意識のうちにアンデッド召喚の魔法陣を刻んでいたではありませんか。

死霊術《ネクロマンシー》を使えないというのに……これが生まれ持った業というものでしょうか。

「これは……過ちですわ」

「過ちを認めるのか。実に残念だ、君のことは認め始めていたというのに……」

相変わらず彼女は人の話を全く聞いてくれませんね。

「ですから誤解です、私は黒魔術のミサの準備などしておりません」

「まだしらを切るのか。だが君には他にも様々な疑惑が浮上している！」

「疑惑、ですか？」

「ああ、まずキャメロン・ブルーノの変貌についてだ！　彼女はほんのわずかな期間で容姿が大きく変わり、眼鏡を必要としなくなるほど視力が回復し、能力も開花させた。これに――悪魔が絡んでいるのではないかという疑惑が持ち上がっている」

「ええっ!?」

私がやったのはユリィシア式〝癒しのエステ〟と、ダンジョンアタックによる強制的な肉体強化だけです。視力が回復したのは予想外の効果でしたが。

ダンジョンとモンスターの力は借りましたが、断じて悪魔の手など借りていません。

「次にピナ・クルーズ。彼女は内向的な性格で顔に治癒魔法でも治らない大きなアザがあったが、君にこの場所に連れてこられた翌日にはアザか消え、別人のように明るい性格になっていた。こんなことあり得るのか？」

あり得……るんでしょうねぇ？

確かにアザの治癒はしましたが、ピナがあんなに陽キャになるとは夢にも思いませんでしたし。

「ナディア・カーディ・パンタグラムも同様だ。眼帯をつけて大人しかった彼女もまた、君に連れ去られた翌日には眼帯を外し明るい人格になった」

ナディアの場合は、キャラ変したピナに引っ張られているだけのような気もしますが……。

「そしてこの三人に共通するのは、君に心酔していることだ。もはや一種の宗教……いいえ、この場合は洗脳すら疑われている」

宗教!? 洗脳!?

これまた私とはもっとも縁遠いものですね。

そもそも私は別に彼女たちを身内に引き込もうなどとは思ってません。……もっとも、素体としてはいただく予定ですけどね。

「生徒会に協力してくれたり、下級生に優しくしたりと、君には聖女の資格があるのではないかと見直していたところだったのだが……非常に残念だ」

「いえ、私は聖女には――」

「ほら、それだ! 普通は望んで聖女になりたがるものだ。それを拒んでいる時点で怪しいではないか!」

「あのー、私の母上も聖女にはなりたくなかったと言っていましたけど」

【神聖乙女】フローラ様がそんなこと言うわけがないだろう! 聖女を侮辱するな!」

真実だというのに、まるで聞く耳を持ってくれません。

「もはやこれ以上は聞くに耐えん! ユリィシア・アルベルト、生徒会長であり聖女【英霊乙女《えいれいおとめ》】でもあるこのエドゥアールが、君を――『黒魔術のミサ』を行った容疑で捕縛する!」

ポーズを決めながら聖杖《メイス》を前に突き出す【英霊乙女《えいれいおとめ》】エドゥアール会長。

なんということでしょう。

私は前世に続き、今世でも聖女と対峙することになってしまったのです。

46. 聖女との対決

困りました、実に面倒なことになってしまいました。

聖女は敵に回すと厄介です。強力無比な聖魔法の数々に決して折れない心、そのしつこさは前世の折り紙付きです。

まともにやりあっていたら何度転生しても足りません。なんとかエドゥアールを説得できないでしょうか。

「ユリィシア・アルベルト、大人しく捕縛されるのであれば悪いようにはしない。無駄な抵抗はせずに地面に手をつくんだ！」

エドゥアールが近くのテーブルを蹴飛ばします。盛大な音を立てながら飛び散るお菓子やお茶。

ああ、がんばって準備していたのに……。

「酷いですわ、なぜこんなことをなさるんです？」

「儀式を中断させるためだ！」

「儀式ではなく、打ち上げの用意をしていただけです」

打ち上げ――そうです、アナスタシアが来てくれれば一緒にエドゥアールを説得してくれるはずです。

彼女はどうして来ないのでしょうか。もう待ち合わせ時刻も過ぎているはずなのに……。

「邪教徒の言葉に貸す耳など、この【英霊乙女《えいれいおとめ》】エドゥアールは持ち合わせていない！」

これ以上話していても埒が開かないので、打ち上げ会場を庇うように前に立ちます。

「もうやめていただけませんか」

「なんだと、抵抗する気かっ!?　ならば仕方ない、君には少し痛い目に遭ってもらおう」

血相を変えたエドゥアールが聖母神の印を宙に刻みます。そ、その印は――。

「邪悪なものよ、神の奇跡の下に滅びなさい！　――《聖光線》」

蘇るトラウマ。前世でフローラが私に対して使った聖魔法ではありませんか。

あれ、お腹を貫通してものすごく痛かったんですよね。

まともに喰らってはひとたまりもないので慌てて躱しますが、光線が通過したあとの地面が抉れて煙が吹き出ています。

こんな激ヤバ魔法、一般人に向けて問答無用で放ちますかね？

「なにっ、避けただとっ!?　おのれ邪教徒めっ」

マジギレしたときの聖女の怖さはフローラで散々経験していますが、やはり慣れるものではありませんね。

完全に目を血走らせたエドゥアールが乱れ打った《聖光線》の一筋が私に迫り――。

「あれ？」

「えっ!?」

なぜか《聖光線》は私に直撃することなく、しゅんと音を立てて消えてしまいました。

「なっ……ユリィシア、君はどんな邪法を使ったんだ!?」

いえ、私は何もしてませんが？　あ、でも一つ思い当たることがあります。

「もしかして《聖光線》は、聖職者相手には効かなかったりしますかね？」

「ああ、もちろんだ。同士討ちを防ぐために必要だからな。それがどうした!?」

「実は私、治癒の力を持ってたりするのですよ。ですからその力に反応して《聖光線》が無効化されたのではないかなぁ、と思ったり……」

「おのれ邪教徒め、よもや聖魔法を無効化してくるとは！　こうなっては仕方ない、ワタクシの持てる最大級の奇跡を君に放とうじゃないか！」

「あのぉ、もう少し私の話を聞いてもらえませんかね？」

「うるさいっ！　大奇跡《聖雷光破》を素直に喰らって観念しろっ！」

次にエドゥアールが準備し始めたのは、聖なる力を宿した巨大な雷を放つ大魔法。あんなの喰らってしまっては、前世の私なら一発で昇天してしまいます。

「聖母神様よ、聖女に破邪の光を――《聖雷光破》！」

「ひぃぃ！」

エドゥアールが突き出した聖杖から神の雷が放たれ、苦し紛れに両手を前に出して防御します。

ところが――いつまで経っても覚悟していた衝撃が襲いかかって来ません。

恐る恐る目を開けてみると――。

「……おや？」

なんとエドゥアールの放った魔法が、私の両手の前で止まっているではありませんか。

「ウソだろう……今度はワタクシの大奇跡を止めた、というのか？」

驚くエドゥアールを横目に、私は目の前の現象を分析します。

死霊術《ネクロマンシー》もそうですが、同じ系統の魔法がぶつかり合った場合、魔力が強い方が相手の魔法を上書きして支配することができます。

これは一つの仮説ですが、《癒しの右手》と《浄化の左手》は聖魔法と同じ属性の効果を持っているので、エドゥアールの魔力を上回る私が彼女の魔法を受け止めることができたのではないかと。

では受け止めた魔法はこのあとどうなるのでしょうか。

試しに私の魔力を注ぎ込んでみると――。

「大奇跡がどんどん膨らんでいく、だとっ!?」

「あわわ……」

勝手に私の魔力を吸い取ってどんどん巨大化していくではありませんか。

この調子だとあたり一帯が消滅してしまいかねません。

なんとかコントロールしてみようと試みますが、聖魔法を使えない私にはなす術などありません。

ああ……こうなっては仕方ありませんね。

身の安全のため、制御不能となった魔法《もの》は放棄《ポイ》することにしましょう。

「えいっ！　……あ」

「なっ!?　ワタクシに向かって弾き返して――うわぁぁぁぁああっ!?」

決して狙っていたわけではないのですが、ポイした先には偶然にもエドゥアールの姿が。

いくら聖女といえど、ここまで巨大化してしまった聖魔法を完全には防ぐことが出来なかったようで――。

バチバチバチバチッ!!

「……ワタクシの大奇跡を増大して跳ね返すとは……もしかして君こそが本当の、聖……じょ……？」

強烈な雷を浴びたエドゥアールは、全身から煙を吹き出しながら――最後にそれだけ言い残し、前のめりに突っ伏して失神してしまいました。

こうして私は偶然にも、前世からの宿敵である聖女を打ち倒してしまったのです。

◇

「……はー、参りましたねぇ」

なんとか力づくでエドゥアールの誤解は解きました。いえ、解いてはいないかもしれませんが深く考えるのはやめましょう。

それよりも問題は、目の前に拡がる目を覆いたくなるような惨状です。

破壊された会場、魔法の効果で大きくえぐれた地面、足元には煙を吹きながら失神する聖女。

このままではアナスタシアとの打ち上げは行えそうもありません。

「とりあえずはエドゥアールを治癒しますかね。頭を持ち上げて、と……そうですわ、ついでに《審罰の左眼》で完全に昏倒させてしまえばしばらく大人しく――」

「ユリィ」

「ふわぁ!?」

急な声かけに驚いて、思わずエドゥアールの頭から手を離してしまいます。

「アナ！」

ごちんと地面で頭を強打したエドゥアールが「ぐえ」と声を上げますが、おかまいなしです。なにせ待ち人であるアナスタシアの登場ですからね。

ですが妙に怖い表情を浮かべて私を見つめています。一体どうしたのでしょうか。

「この状況はまさか……あなたがエドゥアール会長を？」

「あ、違うのです。これは――」

まさかエドゥアールに邪教徒扱いされた挙句、聖魔法を跳ね返して返り討ちにしてしまった、などと正直に言えるわけがありません。

「あのですね。その……エドゥアール会長が勝手に転んで気絶したみたいでして」

「ユリィ……わたくしはとても残念ですわ」

残念？

ああ、打ち上げの準備がめちゃくちゃになってしまったことですかね。であればすぐに片付けて――。

「まさかあなたが、聖女であるエドゥアールをも上回る力を持っていたとは。こんなの予測不能ですわ」

「え？」

――ちゃり。鈍い音とともに、アナスタシアが何かを取り出します。

あれは手錠？　なぜそんなものを出すのでしょうか？

「こうなっては仕方ありません。わたくし自ら手を下すとしましょう」

冷たく――どこまでも冷たく、私に向かってアナスタシアはそう言い放ったのでした。

47. 嵌められたユリィシア

なぜか私に対して戦闘態勢を取ろうとするアナスタシア。

うーん、困りましたね。いったいどうすれば彼女の誤解を解くことが出来るのでしょうか。

「アナ、落ち着いてください。私は――」

「ユリィ、まだわかりませんこと？　あなたはわたくしに嵌められたのですよ」

「はい？」

なぜ、どうしてアナスタシアが私を嵌めるのでしょうか。

「わたくしは、あなたのことがずっと邪魔だった。わたくしより目立つあなたがね」

「ふぇ？」

私が目立っていた？　むしろ静かに大人しくしていたと思うのですが。

「わたくしは常に一番になる必要があった。そうしないとダレス兄様に失望され――いいえ、わたくしは妾腹とはいえガーランディア帝国の皇女。そんなわたくしが、たかだか剣爵の娘ごときに脅《おびや》かされるわけにはいきませんの」

私が、アナスタシアを脅かしていた？

なにを？　どこを？　どうやって？

「だからあなたを、ここで排除することにしたの。『黒魔術のミサ』を行っている疑惑を招くように誘導して、【英霊乙女《えいれいおとめ》】エドゥアール会長が出向いてくるように仕向けてね。でもまさか、聖女を撃退するとは思いませんでしたわ」

誘導した？　エドゥアールを？　何のために？

ダメです、アナスタシアが言っていることがまるで頭に入ってきません。

「ですから今度はわたくし自らの手で、ユリィを制圧することにしますわ。抵抗はやめたほうがよろしくてよ？　自分で言うのもなんですが、わたくし帝国式無手格闘術の達人ですの。あなた、武術に覚えがあって？」

「いいえ」

自慢じゃありませんが、私は体を動かすほうはからっきしです。

前世では【不死の軍団《ヘルタースケルター》】に戦わせていましたし、今世ではウルフェとネビュラちゃんという優秀な手足がいたので、私が直接手を下す機会などありませんでしたからね。

「助けを呼ぼうとしても無駄ですわ。周りは私が信頼するランスロットとシャーロットの兄妹に警戒させていますから、あなたの自慢の騎士《ナイト》や侍女《メイド》は残念ながらここに来ることはできませんわね」

あぁ、あのふたりは兄妹だったのですね。

言われてみれば顔つきも似ていますし、鑑定によると苗字も同じだった気がします。

……いや、今はそんなことどうでも良いですね。どうにかしてアナスタシアの誤解を解くことが先決です。

アナスタシアは、誰からも見向きもされず嫌悪と憎悪しか向けられなかった前世では、決して得ることのできなかった特別な存在。

私とアナスタシアは――。

「私たちは――ともだち……ですよね？」

ですがアナスタシアは、今まで一度も見たことないような冷たい目を私に向けてこう言い放ちました。

「いいえ、違いますわ。あなたは悪魔崇拝者で、わたくしは――それを断罪するものですの」

ちが、う……？

それって――。とも……だち……じゃ、ない――って……こと？

あぁ……やっぱり私は……わたし……は――。

アナスタシアの答えを聞いた私は――。

わたしは――。わたし……は………。

「びぃぃぃええええええええええええええええええええええええええええーーーーん!!」

◇◆

「なんだか嫌な予感がする……」

その日、主人であるユリィシアに休暇を与えられていたものの妙な胸騒ぎを覚えたウルフェは、いてもたってもいられず『墓地』がある学園の森の奥へと向かっていた。

彼にとって、ユリィシアという存在は『生きる意味』のすべてだった。

愛する家族を失い、自暴自棄で命を落とす寸前だった剣闘士奴隷の自分を、あらゆるものを投げうって助けてくれた――まさに命の恩人だ。

そして彼女は、自分に生きる意味をも与えてくれた。

ユリィシアはこれから、常人には決してなしえない大きなことをする人物になるだろうという確信もあった。

この学園に来てからユリィシアに仲の良い友達もでき、自然と笑顔が浮かんで年頃の女の子らしい行動を取るようになってきたことを、ウルフェは自分のことのように喜んでいた。

たとえその相手が憎き帝国の皇女であろうと――ユリィシアのために私怨は捨てようと思うようになっていた。

だがそれでも、ウルフェは帝国を信用していなかった。

なにせ帝国は彼の村を騙し討ちのような形で滅ぼしたのだから。

忘れもしない過去の出来事は、今でも昨日のことのように思い出せる。

突如村にやってきた、赤く血塗られた帝国旗を掲げた騎士の軍団。

邪悪な笑みを浮かべながら村の仲間たちを、父を、最愛の妹を殺して回った帝国軍の指揮官は、まだ幼さを残す少年であった。

彼の顔が――アナスタシアと重なる。

おそらく皇帝の血を引く人物、アナスタシアの兄だったのではないか。

だからウルフェはたとえ主人であるユリィシアに怒られようと、帝国を警戒する想いだけは決して変えることがなかった。

ユリィシアの指示に初めて背いて打ち上げの場に向かおうとしていた、そのとき――。

「びぃぃぇぇぇぇぇぇぇぇぇぇぇぇぇぇぇぇぇぇぇぇぇぇぇぇぇぇぇぇぇぇぇぇ――――ん!!」

まるで世界の終わりを迎えたかのような悲しい泣き声がウルフェの耳に届く。

「この声は、まさか――お嬢様!?」

すぐに声の主に気づいたウルフェは、予想外の異常事態に森の中を一気に駆け出して〝墓地〟へと向かおうとする。

だが――彼の行手を遮るものがいた。

「おやおや、やはり忠犬はご主人様のことが心配でござったかぁ」

ウルフェの前に立ち塞がったのは、淡い青色の光を放つ剣を手に持ったひとりの騎士――。

「お前は――ランスロット!!」

「ちゃんとご主人様に言われていなかったでござるか？　大人しくお家で待っていなさい、とな？」

先日の競技会の時とは全く違う雰囲気を放つランスロットに、ウルフェも足を止めて身構える。

「そこを通せ、ランスロット」

「それは無理でござるなぁ。どうしても通りたいというのなら――」

ちゃりっ。ランスロットが、ウルフェも初めて見る剣――おそらくは魔法の力のこもった特殊な魔法剣を構える。

「拙者を倒してからにするでござるよ、ウルフェ殿」

◆

同じ頃、少し離れた場所で――。

「あっ。ボクとしたことが、うっかり忘れ物をしていましたね。墓地まで取りに行かなければ」

白々しい独り言を呟きながら、ネビュラは打ち上げ会場である墓地へと向かっていた。

ネビュラにとってユリィシアは、一言では表現しづらい存在であった。

圧倒的な強者であり、自身に数々の呪いを埋め込んだ怨人《おんじん》でもある。

だが、彼女と生活を共にするうちに、いったいユリィシア・アルベルトとは何者なのかと興味を持つようになった。

死霊術士《ネクロマンサー》たちが血まなこになって探す【黄泉の王《ジ・アビス》】フランケルの遺産である【不死の軍団《ヘルタースケルター》】。その現在の管理者でありながらなぜか普段は死霊術《ネクロマンシー》を一切使えず、代わりに類稀なる治癒能力を持つ美しい少女。

ユリィシア・アルベルトとはいったい何者なのか。

どうやって彼女はフランケルの遺産を手に入れたのか。

なぜあんなにも簡単にダンジョンやゲートを見つけられるのか。

時折見せる死霊術《ネクロマンシー》の力はいったいなんなのか。

そもそも彼女はいつどこで〝アンデッドたちの王〟とも呼ばれる【奈落】に出会い、師事することになったのか。

その秘密を探るため、また純粋な興味からネビュラはユリィシアの側に仕えるフリをしていたのだが――気がつくと普通にユリィシアの側にいることが面白くなっていた。

この未知の塊のような少女がいったいどこに進もうとしているのか。

予測不能な彼女の行動に付いていくのがこの上なく楽しくなってきていたのだ。

……決して女装が気に入っているわけではない。

ときどき虎の尾を踏むかのようにユリィシアに絡み、ギリギリの線を攻めるのもネビュラの楽しみの一つとなっていた。

彼なりに、今の状況を愉しむようになっていたのである。

さて、あのお嬢様は次はいったいどんな突拍子のない行動を取るのだろうか。

破天荒なユリィシアの行動は、常にネビュラの観察対象となっていた。

今回の〝打ち上げ〟もそうだ。

まさかあのような場所に、あのような仕込みをしているなど誰が予想しているだろうか。

ネビュラも手伝った『おもてなし』が、帝国の皇女であるアナスタシアにどのように受け取られるのか。

その様子をどうしても生で見たかったので、忘れ物にかこつけてこっそり覗こうと思っていたのだが——。


「びぃぃぇぇぇぇぇぇぇぇぇぇぇぇぇぇぇぇぇぇぇぇぇぇぇぇぇぇぇぇーーーーーん!!」


突如耳に飛び込んできたのは、聞き覚えのある人物の泣き声。

「この声はまさか……お嬢様?」

あのユリィシアが泣く?　そんなバカな。

ネビュラは、絶対にあり得ないはずのことが起こっていることに驚きを隠せずにいた。

ケタケタ笑いながら自分に凶悪な呪いをかけた、あのお嬢様が？

満面の笑みを浮かべながらゾンビの肉を剥ぎ取ってスケルトンにしたあのお嬢様が、泣く？

そんなことがあり得るのだろうか。

あるのだとすると――見てみたい。是非見てみたい。怖いもの見たさでガン見したい。

あまりにも想定外の出来事に、猛烈に状況を観察したい興味にそそられたネビュラが墓地へと急ごうとする。

だが――その前に立ち塞がる存在があった。

「ここから先は――行かせません」

立ち塞がったのは、リベルタコリーナ学園の制服に身を包んだ美少女。

「一回生の――シャーロット様でございますね？」

なぜ彼女が自分の前に立ちはだかっているのか、ネビュラにはその意味がわからなかった。

「失礼ながら、先に進ませていただけますか？　今ボクはとても急いでおりますので――」

「それは無理よ」

無表情のままシャーロットは、懐から一本の棒を取り出す。

軽く叩くとその棒は長く伸び、淡い光を浴びた〝棍〟へと変貌を遂げる。

「へぇ――魔法武器ですか。なかなか面白いでございますね」

「あなたをユリィシア・アルベルトの助けには行かせません」

単に状況を見たいだけで、別にお嬢様を助けるつもりなどまったく無いのですが――そもそものお嬢様が助けを必要とする状況など想像もできませんし。

だがネビュラは言葉を飲み込むと、シャーロットと対峙する。

そういえばお嬢様から呪いで吸血を禁止されていましたが、もし戦闘中に偶然に血が口に入ってしまったらどうなるのでしょうか？

あぁ、それは仕方ありませんよね――だって偶然なんですもの。

久しく血を飲んでいませんでしたが、どんな味がするのでしょうか。

この子――シャーロットは間違いなく処女です。きっとその血もさぞかし美味なることでしょう。

「仕方ありませんねぇ……。あぁ、本当に仕方ありません」

そう口にしながらもネビュラは――なんだか愉しそうに舌舐めずりしたのだった。

48. 従者たちの戦い

「ふぅぅぅ」

「ばっ……ばかな、でござる……」

ランスロットは信じられない思いを抱いたまま、地に膝をついていた。

目の前に立つのは、両手に剣を握るウルフェ。

その立ち居姿はまるで闘神の如く——凄まじい剣気を放っている。

たった一合。

それだけで、帝国騎士でも上位にあるランスロットが、武器を破壊され戦闘不能に陥るほどの痛烈な一撃を喰らっていたのだ。

「帝国騎士第十二式魔法剣『光裂剣』が、こうもあっさりと折られるとは……」

帝国が技術の粋を結集して作った人造魔法剣は、ウルフェによって真っ二つに両断されて地面に転がっていた。

ふたりの力の差は——歴然であった。

「ウルフェ殿、とてつもなく強いでござるな。よもや二刀流であったとは——。なるほど、先日の競技会では手を抜いていたでござったか」

「俺の剣はお嬢様のためだけにある。見せびらかしたり己を誇るためのものではないからな。そもそも今の俺に個やプライドはない。そんなもの——貴様ら帝国によって全て奪われたときに捨て去ったわ！」

ウルフェの吐く呪詛のような言葉に、ランスロットがピクリと反応した。

「おぬし、帝国に対して恨みがあるでござるか？」

「……ああ。貴様らに故郷の一族を滅ぼされた」

「なんと？　差し支えなければおぬしの一族の名を教えていただけぬか？」

「……ガロウ族だ」

その名を聞いて、ランスロットの顔が一気に曇る。

「あぁ、そうか……お主はあの悲劇の生き残りだったのか……」

ランスロットの反応に今度はウルフェが驚かされる番だった。

まさか彼がガロウ族の名を知っているとは思わなかったからだ。

「ランスロット！　貴様まさかあの場にいたのかっ!?」

「いや、すまぬが拙者はそのときはまだ騎士になっておらぬ。ただ――噂は聞いているでござるよ」

「う、噂だとっ!?」

「うむ。あの方の目に止まって滅ぼされた獣人族の村があるとな。だがおぬしだけでも生き残ったのは僥倖でござるよ。なにせおぬしの一族を滅ぼしたのは――ダレス殿下でござるからな」

ダレス――ウルフェはその名を魂に刻む。

大切な家族を、妹を、仲間を奪ったものの名を。

しかしダレスとは何者なのか。

呼び方から、おそらくはガーランディア帝国の皇子と推測されるが――。

「殿下に狙われてしまったのはまことに不運でござった。おぬしの一族には申し訳ないことをしたでござるよ。同じ帝国人として詫びを入れる──すまぬ」

「お、お前の謝罪などに意味はないっ！」

ギリッ。ウルフェが強く歯を食いしばる。

だが、ランスロットは意に介した様子もなく話を続ける。

「くれぐれも忠告しておくが、決して復讐など考えるでないでござるよ。さもなくば──おぬしは死ぬ。いや、おぬしだけならよい。おぬしの大切な主人にも害が及ぶであろう。なにせあの方は──帝国内でも【魔王】と呼ばれているお方でござるからな」

「……魔王、だと？」

「さよう。逆らうべきではないでござるよ。アナスタシア様でさえ──いや、せんなきことでござったな」

そこまで口にすると、ランスロットはゆっくりと立ち上がる。

長々と話をしていたのも、せめて動けるくらいまで回復させるためだったのだ。

だが震える膝で立ち上がるランスロットに、ウルフェは冷たい言葉を投げかける。

「無駄な足掻きはよせ、ランスロット。お前では俺には勝てない」

「お主が主人に忠誠を誓うのと同様に、拙者も皇女アナスタシア様を主君と仰ぎこの身を捧げているでござる。ゆえに、お主をこのまま行かせて、アナスタシア様の足を引っ張るような事態になることを──拙者はのうのうと受け入れるわけにはいかないでござるよ！」

――ビキビキビキッ!!

次の瞬間、ランスロットの身体が一気に膨れあがった。

盛り上がるように現れたのは、凄まじい量の筋肉。

まるで筋肉の鎧を身に纏ったかのように、ランスロットは劇的に変貌を遂げたのだ。

「ウルフェ殿、見よっ！　これが曼荼羅陣の臟腑刻印による、人としての限界を超えた肉体強化――【超騎士化】でござる！　選ばれた帝国騎士のみが使用を許されるこの技で、地に倒れ伏すがいいでござる！――ゲホッ！」

目を血走らせ、全身から血を噴出させ、さらには大量に吐血しながらも立ち塞がるランスロットの姿に、ウルフェは己と同じ覚悟を見た。

「ちぇあぁぁぁぁぁぁぁぁぁぁぁぁぁぁあっ!!」

肥大化したランスロットの超筋肉から放たれた閃光のような一撃を、ウルフェはギリギリのところで飛んで避ける。

鈍い音が響き渡り、ランスロットの拳が当たった地面が大きくえぐれる。

恐るべき破壊力だが、ランスロットも無傷では済まなかった。彼の右拳がズタズタに崩れていたのだ。

「ほほぅ、これも避けるか！　なかなかやるでござるな！　ゲホッ！」

「もうやめよランスロット。このまま続けると――死ぬぞ？」

「戦いにおける死など恐るるに足らず！　真の恐怖は魂そのものの冒涜にあると知れ！」

ランスロットの顔に浮かぶのは——恐怖？

主君のために戦う恐れ知らずの騎士ランスロットが、なぜそのような表情を浮かべるのか。

「どういう意味だ？」

「あぁ申し訳ない、こいつは拙者の失言でござった。余計なことを言ったから、忘れてほしいでござる」

口元の血を拭うランスロット。

そのときにはもう——元の無表情に戻っていた。

「さぁウルフェ殿、これで終わらせるでござるよ！　奥義——【帝国粉骨砕身拳】!!」

ランスロットから放たれた、岩をも打ち砕く両拳。

対するウルフェも両手の剣を上下に構える。

ウルフェが戦闘態勢を取るのは、この戦いにおいて初めてのことであった。

ピン——と張り詰めた空気。

ウルフェの全身から溢れ出す強烈な剣気があたり一面に漂う。

次の瞬間、神速の剣がウルフェから放たれた。

「——【双閃《そうせん》・餓狼斬《がろうざん》】」

一閃目、ウルフェの左手の剣がランスロットの両腕を跳ね上げる。

ガラ空きになった胴に叩き込まれたのは――ユリィシアによって再生された右手に握られた剣による二閃目。

「がっ?!」

ランスロットの目には、ウルフェの剣がまったく見えていなかった。一瞬にして戦闘不能となる打撃を受け、立っていられずによろよろと膝をつく。

ただ一つだけわかったことはある。ウルフェは、これ以上己の肉体が傷つかないように手加減したのだと。

「な、なぜ……命を奪わぬ……のだ……？」

「なぜ？　そんなの簡単だ、お嬢様が望んでいないからだよ。お嬢様であればきっと敵であろうとすべて治癒するはずだからな」

「完敗でござるよ……赤き髪の、聖女を守りし剣士――【紅蓮の聖剣】ウルフェよ」

うわ言のようにそう呟くと、ランスロットの意識は闇の中へと落ちていった。

ランスロットが完全に気を失ったのを確認したウルフェは、静かに剣を仕舞う。

「【紅蓮の聖剣】か、俺には過ぎた二つ名だな。さあ、それよりもお嬢様の元に急がねば！」

そう呟くとウルフェは倒れ伏したランスロットを肩に担ぎ、ユリィシアの元へと走りだしたのだった。

◆

一方で、ネビュラとシャーロットの戦いもすでに決着がつこうとしていた。

「はぁ――………、はぁーっ……今の攻撃魔法は、なんという威力なんだ……」

「あらあら、ボクの《闇嵐風》が直撃してしまいましたか。仕方ありませんねぇ……。いやぁー本当に仕方ありません」

ネビュラが放った闇魔法を喰らい、もはや立つことすらままならないシャーロット。

棍の魔法武具もどこかに弾き飛ばされ、全身傷だらけで肩で息をしている。

対するネビュラは笑顔を浮かべ舌舐めずりをしながら近寄っていく。

「あなたはいったい、何をしたのですか……」

「なぁに、ちょっと闇魔法でおイタしただけでございますよ」

「ただのメイドが……これだけの力を持ってるはずが――」

身動きの取れないシャーロットを優しく抱えるネビュラ。

だが次の瞬間――シャーロットから流れた血を嬉しそうにペロリと舐めとっていた。

「ひぃっ！」

「んー、たまりませんねぇ！　けしからんですねぇ！」

ネビュラに血を舐められるたび、シャーロットの全身に悪寒が走る。

シャーロットは幼い頃から武術の才を見出され、帝国で英才教育を受けて育ってきた。

15歳にして皇女を守る護衛としてリベルタコリーナ学園に派遣され、並みの騎士相手であれば圧倒できるほどの実力を持つシャーロット。

その自分が――あっさりと返り討ちにされるとは。

手も足も出ないどころではない。おそらくはネビュラにとって、己を鎮圧することは赤子の手を捻るようなものであったのだろう。

圧倒的なまでの実力差を身をもって体感するとともに、奇妙なことを口走りながら狂ったように血を舐めるネビュラに心底恐怖を覚えていた。

「あ、あなたは……いったい何者なのですかっ!?」

「ボクですか？　ボクはただのお嬢様のメイドでございますが？」

「ただのメイドなわけないでしょう!?　まるで人外――」

言ってハッとするシャーロット。

そういえば聞いたことがある、人の生き血をすする恐ろしい怪物の存在を。その名も――ヴァンパイア。

高位アンデッドでありながら自我を持ち、独自の知能や知識を持つ特別な存在。

確かこの世界に存在する4体のSSS級アンデッド――【終わりの四人《ラスト・フォー》】のうちの一体がヴァンパイアの王だったと記憶している。

そこまでではないにしても、まさかネビュラという存在は――。

「人外なんて失礼ですね。これはお仕置きが必要かもしれませんね。もっと血を舐めた方が良いでしょうか？」

「ひ、ひぃぃぃぃぃ……」

恐怖と絶望のあまりシャーロットは弱々しく悲鳴を上げると、ついに失神してしまう。

気絶したシャーロットを優しく抱き抱えながら、ネビュラは夢中になって流れ落ちる血を舐める。

「あぁ、もったいないもったいない。でも大丈夫です、ボクはメイド――全部舐めて綺麗にしてあげますからねぇ……。あ、もちろんこれは吸血行為などではありませんからね？　あくまでメイド行為の一環として、流れ落ちる血を舐めとっているのでございます」

言い訳がましい独り言をぶつぶつと呟きながら、全身の血を満足いくまで舐めつくすネビュラ。

ようやく冷静さを取り戻したときには、全身に切り傷を負った上に舐めまわされ――見るも無残な姿となったシャーロットが転がっていた。

「これは……さすがにちょっとやり過ぎてしまいましたね。学園の生徒を傷だらけにしたままで放置するわけにもいきませんし……あ、いいことを思いつきました。お嬢様のところに連れて行けば、ちゃんと治癒してくれるかもしれませんね。そうすれば何事もなかったということで、ボクはお咎めなし。ふふふ、我ながら良い考えではありませんか」

今後の対応策を決めたネビュラは、シャーロットを背負うと森の奥へと向かって歩き始める。

向かう先は、ユリィシアがいるはずの墓地――。

「あっ、ネビュラ殿」

「ウルフェ様ではありませんか」

道中、偶然にもランスロットを担いだウルフェと遭遇する。

「あら、そちらにもお邪魔が入っていたのでございますね」

「ははっ。さすがはネビュラ殿、あっさりと撃退したのだな。しかも背負われているということは、お嬢様に治療をお願いするためですね。さすがはネビュラ殿、お嬢様の性格をよくお分かり――」


――ゔぅぅぉぉおぅ――怨《おぉん》怨《おぉん》怨《おぉん》怨《おぉん》怨《おぉん》　ぉぉぉおぉ――――おんっ!!


まるで全身の毛穴が竦むような圧倒的な気配に、ネビュラとウルフェは思わず足を止める。

「な……なんですかいまのは？」

「なにか恐ろしいものの気配が……？」

ランスロットとシャーロットを圧倒した強者ふたりが、思わず恐れ立ち竦むほどの禍々しき存在感。

だがネビュラは、過去に一度だけ似た気配を感じたことがあった。まだネビュロスという名だった時代に遭遇した、恐るべき脅威が具現化した存在。

その名も――『黒ユリ』。

あの恐るべき存在がまたもや出現したというのか。ただならぬ負のオーラに、アンデッドとしての本能が全力で緊急事態を訴えかけてくる。

「………急ごう、嫌な予感がする」

「ええ、このままだと――」

ふたりは、口を揃える。

「お嬢様が、危ない」

「アナスタシア様が、危ない」

互いの発した単語の違いに気づくことなく、ふたりは一気に森の奥へと突き進んでいったのだった。

49.《side: アナスタシア》嫉妬

「びぃぃぇぇぇぇぇぇぇぇぇぇぇぇぇぇぇぇぇぇぇぇぇぇぇぇぇぇぇぇーーーーーん！」

わたくしの目の前で、いきなり泣きはじめたユリィシア。

大きな瞳からボロボロと涙を零し、両手の拳をぎゅっと握りしめて泣く姿は、まるで幼児のよう。

その――あまりに幼稚で、純粋で、本当に悲しげに泣く彼女の姿に、なぜかわたくしの胸の奥がぎゅっと締め付けられるように痛みます。

この痛みはいったい何なのでしょうか？

同時に心の中に湧き上がってきたのは、自分の行動に対する疑問。

こんなにも純粋に無垢に泣くユリィを陥れたのは、紛れもなくこのわたくしなのです。

わたくしは……いったいなにをしているのでしょうか。

わたくしは……いったいなにがしたかったのでしょうか。

わたくし――アナスタシアは、ガーランディア帝国の第三皇女としてこの世に生を受けました。とはいえ妾腹であったわたくしに将来の幸せが約束されているわけではありません。

ガーランディア帝国は、一言で言うと「実力第一主義の国」です。実力があれば平民でも大きく出世できます。

それは裏を返すと、たとえ皇帝の子であっても才能がなければ役立たずの烙印を押され――消される運命にあるのです。

「帝国に弱者は不要だ。死ね」

皇太子であるダレス兄様の言葉が脳裏に蘇ります。

実際、私の異母兄である第二皇子は、とある戦役における敗北の責任を問われ非業の最期を遂げました。

彼の死に様は、今でも目に焼き付いています。生きながら八つ裂きにされる異母兄の姿をわたくしたち兄妹に無理やり見せつけながら、ダレス兄様は冷徹に言い放ちました。

「お前たち、分かったな？　帝国に――敗北の二文字はない」

もともとダレス兄様も、いまほど苛烈な方ではなかったそうです。生まれたばかりのわたくしを笑顔で抱き上げてくれたこともあったと聞いています。

ですが、皇太子が受ける特別な儀式――『招来の儀』を経たあとから、ダレス兄様は別人のようになってしまったのだそうです。

『招来の儀』がどのようなものだったのか、帝位継承権のないわたくしは知りません。帝国を興した初代皇帝が世界を制する力を得るために行った、次代の皇帝にのみ引き継がれる秘儀であるとだけ伝わっています。


今では帝国民から【非道皇子】【魔王】などと呼ばれる存在になってしまったダレス兄様は、本当に容赦のない人です。

獣人族の村を襲い、奴隷として兵士にしたり他国に売り払って金を稼ぐ。

徹底的な実力主義で、力無き者からは命だけでなく財産までも奪う。

ガーランディア帝国は力こそが正義の国となってしまいましたが、一方で歴代最強の国家へと進化を遂げたことも事実ではあります。

今回学園に来る際、わたくしはダレス兄様から命じられていました。

「アナスタシア、わかっているな？　お前の使命は王国を影から牛耳ることだ。そのためにもしっかりとジュリアスを手玉に取れよ？」

「は、はい……ダレス兄様」

「いい子だアナスタシア、ではお前にこれを授けよう」

そう言って渡された青黒い宝石が嵌められたペンダントは、今もわたくしの胸元に下がっています。

外したい。そう思っても、兄様が見ているかと思うと恐怖で外せないでいるのです。

だからわたくしは、この学園で一番になることを目指しました。

一番になり——ジュリアスと結婚後、この国を裏から支配するための基盤を作る必要があったのです。

実際、わたくしはこれまでずっと一番でした。

リベルタコリーナ学園でもライバルらしき存在は第一王女のカロッテリーナだけでしたが、『姉妹の契り』を交わすことで身内に取り込むことに成功しました。

わたくしが学園で覇道を進むことに、もはや障害なし。

誰からも注目を浴び、特別な存在としてこの学園に君臨する——はずでした。

なのに——どうして？

なぜみんな、ユリィなの？

ジュリアスもそう。準妃や側妃もそう。ピナやナディア、キャメロンだってそう。みんなが、ユリィに夢中になっている。

わたくしが手に入れられなかったものを、英雄の子供とはいえただの下級貴族の娘であるユリィは持っている。

わたくしは帝国の皇族として、ダレス兄様から命懸けの使命を受けて、こんなにも努力しているというのに。

わたくしは、ユリィに勝てない？

わたくしは、ユリィに負ける？

負けたら、わたくしは――兄様に殺される？

わたくしは――決して負けるわけにはいかない。

だから策を弄してユリィを排除しようとした。

ユリィを陥れ、聖女エドゥアールを焚きつけて破滅させようとした。

ですが――。

「ぴぎゃあああぁあああぁああぁあああぁあぁぁ――――んっっ！！」

目の前には、大声で泣き喚くユリィ。

鼻水まで垂れ流して、その顔のなんとブサイクなことなのでしょう。

このような醜く哀れな生き物に、わたくしは何を本気で潰そうとしていたのでしょうか。

ただ泣くことしかできない。哀れな存在――。

なのに、なんなのでしょうか。わたくしの心に湧き上がる、この気持ちは――。

まるで子供のように、己の感情のままに泣くユリィ。

そこに、打算も計算もなにもありません。

ただ、感情の赴くまま……自由に。

そう、本当は。

本当は、わたくしは――。

ユリィシア・アルベルトのことが――羨ましかったのです。

あぁ、認めてしまえば簡単なことでした。わたくしも心の中では気づいていました。

自由に生きるユリィが。みんなから本当に好かれるユリィが。王子の本当の気持ちすらもあっさりと射止めてしまうユリィが。

心の底から――羨ましかったのです。

ユリィは、わたくしが持っていないものを全て持っていました。

羨ましかった、心底羨ましかった。

人はわたくしのことを【蒼薔薇姫】と呼び讃えます。ですが、わたくしはそんな名声《もの》など求めていなかったのです。

わたくしが求めていたのは――ユリィ。

脳裏をよぎるのは、ユリィの笑顔。めったに笑うことがありませんでしたが、時折見せる笑顔のなんと素敵なことか。

ユリィに近寄ったのも、本当に打算だけだったのでしょうか？

たしかに彼女と一緒にいることで、自然と周りからの注目度は上がりました。

ですが、同時にわたくし自身が感じていたものは――胸に込み上げるこの気持ちに名前をつけるとすれば、それは……。

七不思議の解決に誘ったのも、本当に罠に嵌めるためだけ？

……いいえ。

わたくしが欲しかったものは――。

本当に欲しかったものは――。

わたくしは――ユリィと……。

『……違うであろう？　お前のその気持ちの正体は――【嫉妬】だ』

突如心の中に聞こえてきた、何者かの声。

嫉妬？　この気持ちは――嫉妬だというの？

『そうだ。お前は心の底からユリィシア・アルベルトに嫉妬しているのだ』

その声によって、わたくしの心の中が真っ黒く上書きされていきます。

『ユリィシア・アルベルトが本来お前が持つべきものを奪っていったのだ。人望も、愛も、成功も、そのすべてを――』

そう。ユリィさえいなければ、ジュリアスの気持ちも、準妃や側妃の信頼も、ピナやナディアの人気も、キャメロンの魔力も、すべてがわたくしのものになっていたのです！

ユリィさえいなければ……。

『憎いのだろう？　悔しいのだろう？　だからこそお前はユリィシア・アルベルトを罠に嵌めたのだろう？　ならば奪い返せ、アナスタシア。嫉妬はお前の力になる。お前は――すべてを手に入れる資格があるのだ』

ユリィさえいなければ、彼女が得ていたものは全てわたくしが手に入れることができる。

『そうだ、奪え。殺せ。そうすればユリィシア・アルベルトのすべてがお前のものになるだろう』

ですが、わたくしにユリィを殺すことなど――。

『嫉妬に身を委ねよ、アナスタシア。さもなくばお前は――ただの役立たずだ』

心の底から響くこの声の主は――ダレス兄様？

ダレス兄様に、役立たずの烙印を押される？

脳裏に蘇るのは、異母兄の無惨な最期。

イヤです、わたくしは死にたくありません。ならばわたくしは――。

「わ、わかりましたわ……」

ダレス兄様の威圧を前になす術もなく、ついには――黒い力に身を委ねることにしたのです。

『くくく。そう、それで良いのだ。お前はついに『大罪』を犯した。その大罪の名は――【嫉妬】』

嫉妬の――大罪？

もしかしてわたくしは、大きな罪を犯してしまったのでしょうか？

『これにて【魔王の器】の準備は整った。お前は――悪魔の依《よ》り代《しろ》となり、この世を震撼させる新たな【魔王】となるのだ』

ダレス兄様も魔王と呼ばれていますが、それはあくまで比喩でしかありません。ですがわたくしが――本物の魔王に？

『器よ――いまこそ目覚め、嫉妬の魔王となるのだ！』

「――あああああぁぁぁぁあっっっ!?」

胸元の、ダレス兄様から渡されたネックレスが強烈な熱を放ち始め、全身に激痛が走ります。

まるで魂そのものをバラバラにされるかのような、根源的な痛み――。

わたくしは、このまま人ではない存在となってしまうのでしょうか？

わたくしが……魔王に――。

そんな、わたくしは――。

いや……そんなのいや。

わたくしがなりたかったものは、そんなものじゃない。

わたくしが欲しかったのは――。

助けて。だれか、たすけ…………。

遠のく意識の中、わたくしの視界が捉えたのは――ユリィの姿。

わたくしは、無意識のうちに手を伸ばしていました。他ならぬ――ユリィに向かって。

「……たすけ……て……。――ユリィ！」

50．薔薇 vs 百合

友達じゃない。

そうアナスタシアに言われた途端、目の前が真っ暗になりました。

だって――友達だと思っていたのが私だけだったのですから。

これでは前世となにも変わらないではありませんか。やはり私は誰とも友達になれない、哀れなぼっちなのですね。

そう思うと悲しくて……気がつくと泣いていました。

「びぃぃぇぇーーーーん！」

女の子になってしまったからでしょうか、妙に涙腺が緩くなって仕方ありません。

でもとっても悲しいんですもの、仕方ないではありませんか。

「ぴぎゃあああぁあああぁあああぁあああぁあぁーーーーんっっ！！」

考えれば考えるほど、気持ちは深く沈んでいきます。

エンドレスなマイナス思考。沈んでいくブロークンマイハート。どんどん落ちてくユリィシア……

韻は良いのですが気分は全く晴れません。

『――泣いている場合ではありませんよ、フランケル……』

「ふぎゃあああぁあぁあぁーー……ふぇ？」

ふいに――女性の声で呼ばれたような気がして思わず泣き止みます。

途端、とてつもなく嫌な気配とともに、アナスタシアの異変に気づきました。

「うぅぅぅ……」

苦悶の表情を浮かべるアナスタシア。身につけていたペンダントから、なにやらものすごく気持ち悪いオーラが放たれています。

「うわああああぁあぁーーっ!!」

いきなり絶叫を上げたアナスタシアの身体が大きく蠢き、全身から青黒い瘴気が一気に吹き出しました。

この鬱陶しくも嫌らしい気配は――なんということでしょう、〝悪魔の力〟ではありませんか。

前世でも何度か対峙した『悪魔憑き』。悪魔は汚染した素体の精神を侵食し、凶悪かつ残虐な人格へと変貌させます。

それと同じウザい瘴気をアナスタシアが放っているのです。

「ぐぅぅぅ、わあああぁぁぁぁーーっ！」

私はようやく合点しました。

アナスタシアの態度が激変したのは、全て悪魔の仕業だったのですね。そうでなければ優しかったアナスタシアが私に対してあんな酷いことを言うはずがありません。

今のアナスタシアの状況を確認するため、《鑑定眼《アプレイズアイ》》で確認してみると——驚くべき結果が映し出されました。

——アナスタシア・クラウディス・エレーナガルデン・ヴァン・ガーランディア——

年齢：**16歳**
性別：**女性**
素体ランク：**S　→　SS（Up!!）**
ギフト：**『嫉妬の大罪』（覚醒：悪魔招来【極大】）**

状態：**悪魔憑き（末期：228秒後に完全悪魔化）**
適合アンデッド：
？？？？？（ＳＳＳ）……3%（New!!）
※ただし228秒後に悪魔化した後はアンデッド化不可

やはり悪魔による汚染が確認されますね。

どうやら『嫉妬の大罪』は、強力な悪魔を呼び寄せる〝負のギフト〟だったようです。

さらに注目すべきは、彼女の素体ランクが上がっていること。

新たに解放された適合アンデッドは——初めて見る『ＳＳＳ』ではありませんか！

そもそもＳＳＳランクのアンデッドは唯一無二の存在です。

特別な才能、数奇な運命、偶然。様々な要素が混じり合い、一国を容易に滅ぼすほどの特別な力を持つ固有の存在だけがなりうる究極のアンデッド——それがＳＳＳランクなのです。

ゆえに、これまでの歴史上でＳＳＳランクに位置づけられたアンデッドは——わずかに四体だけ。

アナスタシアは、五体目となる素質に開花していたのです。

とはいえかなり魂の侵食が進んでおり、このままでは完全に悪魔に取り込まれ、魂ごと消滅してしまうでしょう。

そうなってしまえば彼女の死はもちろんのこと、アンデッド素体としても使い物にならなくなります。

アナスタシアを失うなど、絶対に受け入れることはできません。残された時間はあとわずか。

――そのとき、アナスタシアと目が合いました。

悪魔に魂を侵食され、ほぼ意識が消失しているはずのアナスタシアの口から漏れ出た言葉は――。

「……たすけ……て……。――ユリィ！」

ああ、なんということでしょう。

アナスタシアがこの私に助けを求めてきたのです！

苦痛に顔を歪めながら震える手を伸ばしてくるアナスタシアの姿に既視感《デジャヴ》を呼び起こされます。


――〝いにしえの大聖女〟


前世において私《フランケル》が素体を強奪したうえでアンデット化した、比類なき美しさと聖丘を持った――私の憧れの存在《ひと》。

しかしなぜかSSS級アンデッドとなって蘇ってしまい、制御不能になった挙句、放棄せざるを得なくなった――前世における最大の過ち。

私はまた、あのときの失敗を繰り返してしまうのでしょうか。

アナスタシアも、〝いにしえの大聖女〟のように私の前から居なくなってしまうのでしょうか。

……そんなこと、絶対に受け入れられません。

大切な存在を目の前で失うという過ちを、二度と繰り返したくないのです。


『……ならば〝力〟を──。フランケル、あなたの大切なものを守るために……』


またもや脳裏に響いたのは幻聴？　それとも今度こそ本物？

優しげな女性の声とともに、一瞬白い羽根が目の前を舞い──私の身体に猛烈な異変がもたらされます。


──うぉぉぉおおぉぉぉぉんんっ!!


まるで堰を切ったように体の奥から溢れ出てくるのは、懐かしい感触。

これは──死霊術《ネクロマンシー》に必要な〝黒い魔力〟ではありませんか！

治癒力を封じ込める『聖女殺し』のような魔法道具を持っているわけではないのに、いったい何故
……いえ、今はそんなことどうでも良いです。

私の心を占めるのは、アナスタシアを苦しめる悪魔に対する怒り──いいえ、怨みの気持ち！

——ゔぅぅぉぉおぅ————怨《おぉん》 怨《おぉん》 怨《おぉん》 怨《おぉん》 怨《おぉん》ぉぉぉおおぉ————おんっ!!

変身、黒ユリ参上!!

アナスタシアの中に巣食う悪魔よ、私はあなたを絶対に許しません。

このフランケ……いいえ、ユリィシアの大切な素体《ひと》に手を出したこと、その存在全てを賭けて後悔させてみせます！

51．聖女 vs 悪魔

悪魔に汚染されてしまったアナスタシア。

残された時間は——あと僅か。完全に悪魔化して魂が消滅してしまったら、私に助ける手立てはありません。

「ぐるるる……」

しかし問題は悪魔の排除方法です。

並の手段ではアナスタシアを傷付けるだけでしょう。今の状況はまるでアナスタシアを人質に取られているようなものです。

ふーむ、最高に腹が立ちますね。この悪魔《ゴミ》をどうにか排除できないものでしょうか。

……せめて破邪の力でもあれば――。

――ん？　破邪の力？

そういえば、あるではありませんか、私の左手に――破邪の力が。正確には《浄化の左手》なので名前はちょっと違いますが……まぁなんとかなるでしょう。

この左手でアナスタシアに触れることができれば、悪魔を分離できるかもしれませんね。

「ヴルルルルッッ!!」

「弾けなさい――『爆霊波《ボル・ガ・ボル》』」

完全に自我を失い、牙を剥くアナスタシア。彼女が放つ瘴気弾を私のオリジナル魔法で相殺します。

あんなに可憐だった彼女の酷い姿には胸が痛みますね。一刻も早く悪魔から切り離さなければなりません。

《浄化の左手》を発動させるためには手で直接触れる必要があるのですが、素早く動き回っては瘴気の塊を放ってくるのでなかなか捉えられません。まるで完全に悪魔化するための時間稼ぎをしているようで、ちょっとイライラしてきますね。《審罰の左眼》も今のアナスタシアには効果を発揮しませんし……うーん、何か良い手はないでしょうか。

――そうだ、あるではありませんか。

アナスタシアを驚かせるために用意した、とっておきの仕込みが。

「あなたたち、出てらっしゃい！」

私の合図に呼応して、キャメロンのトレーニングで利用したダンジョンの入り口が輝き始めます。

「ケタケタケタ！」

「「きしゃー‼」」

ダンジョンから飛び出してきたのは――ピンク色にきれいに染められたスケルトン・ネクロマンサーと、ぼんやりと黄色い光を放つ七体の女性の幽霊《レイス》。

「うふふ、これぞ私の秘密兵器。フランケル・スケルトンの〝パーティバージョン〟と、〝学園の七不思議〟最後の一つ――『七人の聖導女』ですわ！」

実は前日の夜――ネビュラちゃんとふたりで夜の学園内を徹底的に調査し、『七人の聖導女』を捕獲することに成功していました。

闇魔法の力で確保した『七人の聖導女』を眺めながら、ネビュラちゃんが呟きます。

「『七人の聖導女』は本当に居たのですね。まさか園庭の隅で地縛霊化していたとは……」

「ええ。なにせ七不思議の中で、この噂だけ他と毛色が違いましたからね。実在すると確信していましたよ」

何はともあれ、久しぶりに『天然モノ』をゲットして大満足です。やはり自然発生型アンデッドはピッチピチで活きが良いですね。

「さ、さようでございますか……さすがはお嬢様です」

「階段にあるゲートといい、この学園には色々なものを引き寄せる何かがあるのかもしれませんね」


こうしてゲットした『七人の聖導女』ですが、残念ながら今は【万魔殿《パンデモニウム》】に送る術がありません。死霊術《ネクロマンシー》を使えない私では指示も出せないので、ネビュラちゃんに影収納してもらい、せっかくなのでピンク色に染めたフランケル・スケルトンともども一時的に墓地のダンジョンに保管することにしました。

そして今回の『打ち上げ』で、こっそりアナスタシアに見せて驚かそうと仕込んでいたのですが
――ふふふ、最高の形で役に立ちましたね。

しかも今の私であれば、死霊術《ネクロマンシー》が使えます。

さぁ、私の愛しいアンデッドたちと久しぶりに大暴れしましょうかね！

「フランケル・スケルトンに『七人の聖導女』よ、我ユリィシアの名において命ずる。悪魔に囚われし私の友人の動きを止めよ！　死霊術《ネクロマンシー》、第二十三式――『黄泉活性化《アビスフィリア》』」

「ケタケタケタ！」

「「「きしゃーーーっ!!」」」

〝黒ユリ化〟し、完全に死霊術士状態《ネクロマンサーモード》に入った私の指示に従い、フランケル・スケルトンと七人の聖導女がアナスタシアに飛びかかります。

私の死霊術《ネクロマンシー》で強化されたアンデッドは、一筋縄ではいかなくてよ!

「ヴゥアアアァァァァァッ!!」

半悪魔化したアナスタシアから放たれた瘴気の直撃を受け、フランケル・スケルトンがいきなりバラバラになります。

飛び散るピンク色の骨片、いきなりピンチですね。

ですが大丈夫、スケルトンはタフですからね。実際フランケル・スケルトンはケタケタと腰を振りながらすぐに復元します。……彼はなぜ腰を振るのでしょうか。

そのスキに七人の聖導女がアナスタシアを取り囲み、祈りのポーズを取ります。七人の聖導女が持つ特殊能力『囲い込み』が発動して、身動きを封じられるアナスタシア。

――残り52秒。ここで一気に決着をつけましょう!

私は左手に力を込めると、モノは試しとばかりに、とりあえず悪魔に侵されたアナスタシアを思いっきり殴ります。

「ユリィシア・浄化パーーンチ!」

『アガッ!?』

あ、すっかり忘れてました。〝黒ユリ〟状態になっていると聖なるギフトが無効化されるのでしたね。これでは単なる物理攻撃ではありませんか。

うーん、せめて左手だけでも黒百合化を解除できませんかね。

私は昂る気持ちを抑えながら、左手に癒しの力を強く意識します。すーはー、すーはー。りらーっくす。りらーっくす。

すると──徐々にですが、白い魔力が体の奥底から湧き上がってきます。

右側に死霊術《ネクロマンシー》、左側に癒しの力を──。

一つの身体に黒い魔力と白い魔力。水と油のような二つの力を、細心の魔力コントロールで棲み分けます。

……うーん、思っていた以上にキツいですね。かなり身体に負担がかかっているのがわかります。

身体が真っ二つに裂けてしまいそうです。

ですが最後は気合いあるのみ。ギリギリのところで踏み留まり、かろうじて一つの身体に二つの魔力を両立させることに成功しました。

「ふぅぅぅぅぅ……」

完成、これぞ白黒ユリィ。

今の私を傍から見ると、右半分が黒く、左半分が白く輝いていることでしょう。

ぱっと見なんだかシュールな外見になっている気がしますが、ぶっつけ本番で成功しただけ良し

としましょうかね。

◇

半悪魔化したアナスタシアは逃げ出そうと必死に抵抗していますが、七人の聖導女がしっかり押さえ込んでいます。

こら、そこのスケルトン。踊ってないで少しは手伝いなさい。目が無いのにウインクしても可愛くないですからね。

私はアナスタシアに近づくと、いよいよ悪魔分離の措置を開始します。

——**発動、《浄化の左手》**

「グギャアアッ!?」

《浄化の左手》で触れると激しい反発が起こり、アナスタシアの顔が苦痛に歪みます。

間違いなく効いていますね。実際にアナスタシアから青黒い影のようなものが浮き出てきました。

これなら——いけます！

私は生まれ変わって初めて、癒しの力を持っていることに感謝しました。もちろん聖母神などにではなく、私をこの身に転生させた運命を司る何かに。

この力がなければ、おそらくアナスタシアを救う手段が思い浮かばなかったでしょう。

——発動、《祝福の唇《ギュムノパイディア》》

ギフトの効力を高めるため、彼女の額に唇を落とします。

アナスタシアは光のヴェールに包まれ、ビクンッと全身を震わせました。

さぁここで一気に勝負です。

《浄化の左手》に力を込めて、アナスタシアを包み込むように抱きしめます。柔らかな感触……ぐふふ、これは役得ですね。

「ヴルァァアアァァーーーーッ!!」

《浄化の左手》の効果は抜群で、悪魔と思しきものがアナスタシアの体から徐々に溢れ出てきました。私は悪魔を絞り出すように、さらに強く抱きしめます。

アナスタシア——貴重なSSSランク素体であり、私の友達。どうか帰ってきて!

胸に埋もるように顔を押し付けながら強く抱き締めると、アナスタシアが着けていたネックレスが砕け散ります。続けて——憑依していた悪魔が体外にはじき出されました。

「これが……悪魔の本体?」

完全に分離し、具現化した悪魔は青黒いモヤの塊でした。

悪魔を体外に出すなど前代未聞のことですので私も初めて見ましたが、もしかしたら歴史上初の快挙かもしれませんね。

とりあえず一安心ではありますが、アナスタシアを解放したくらいで悪魔を許すつもりなどありません。

「今です！　『七人の聖導女』！」

私の指示に従って、七人の聖導女たちが今度は青黒いモヤを囲い込みます。

特殊アンデッド『七人の聖導女』は、『七人の迷い人』と呼ばれるBランク相当アンデッド群の変異種で、そのレアリティはAランク。

存在自体がレアなアンデッドではあるのですが、彼女たちは極めて強力な特殊能力を二つも持っています。

一つは先ほども使った『囲い込み』。

そしてもう一つは――『道連れ』。

彼女たちは、獲物となる魂を捕獲したうえで自分たちの一員に加えることができるのです。

この能力がはたして悪魔にも通用するのか。ふふふ、さっそく検証してみましょう。

「「「きしゃー!!」」」

悪魔を取り囲んで、祈るようなポーズを取る聖導女たち。

やがて完全に捕らえられたのでしょうか――聖導女のうちのひとりが昇天していき、代わりに悪魔が一団に加わります。どうやら『道連れ』に成功したようですね。

悪魔は他の聖導女と同じような姿形となり、すっかりと馴染んでいます。もしかしてこの悪魔は女性だったのでしょうか。

悪魔という存在を今までは邪悪な意思の集合体だと思っていましたが、意外と魂的な存在なのかもしれませんね。実に興味深い検証結果でした。

一方で悪魔を吸収した『七人の聖導女』は、アンデッドランクがなんとAからSにアップしていました。これには驚きましたね。

いろいろな試行錯誤によって、アンデッドの新たな可能性が見えてくる。これぞ死霊術《ネクロマンシー》の醍醐味というものではないでしょうか。

なにはともあれ、これで万事解決ですね。

アナスタシアを救出し、悪魔もきっちり始末。オマケに新たな天然モノまでゲットすることができました。

私としては大満足の結果です。

……えーっと、横でVサインでポーズを決めているピンク色のスケルトンさん。あなたはほとんど役に立っていませんよね？

「ふぅぅ、これでなんとかなりましたかね」

でもさすがに疲れまし――あうっ!?

――ズキンッ‼

突如襲いかかる、激しい頭痛。

同時に景色が一気に廻り始めます。

限界を越えた力を行使した結果、とうとう体が悲鳴を上げてしまったのでしょうか。

死霊術《ネクロマンシー》と聖なる力という相反する力の併用など、さすがに無理をし過ぎましたね。ある程度の副作用は覚悟していましたが、ここまで酷いとは――。

「うぐぅぅ……痛いぃ、頭が割れるぅ……」

あまりの激痛に、思わずその場に崩れ落ちてしまいます。

せっかくアナスタシアを救ったというのに、これでは私のほうが壊れてしまいそうです。

ああ、意識が遠くなってきました。これは本当にダメかもしれません。私としたことが、こんなところで――。


『――フランケル……』


遠のく意識の中、またしても聞こえてきたのは――私の名を呼ぶ女性の声。

同時に、ひとりの女性のヴィジョンが脳裏に浮かび上がってきます。あ、あの女性《ひと》は――。

ああ……あなただったのですね。

私に声をかけてきていたのは、白い天使の翼を背負った――。

「……エル……マー……っ!?」

い、いけません。

不用意にあの人の名前を呼んでしまっては大変なことになってしまいますからね、私は慌てて口をつぐみます。前世の悲劇を繰り返すわけにはいきません。

ですが彼女は、私の憧れの人――SSS級アンデッド【終わりの四人《ラスト・フォー》】の一体であり、その名を決して呼んではいけない存在――〝いにしえの大聖女〟に間違いありません。

「また……貴女《あなた》に会えるなんて――」

果たしてこれは夢なのでしょうか。あるいは苦痛が見せた幻覚？　それとも……。

混濁する意識の中で、今も自我を失ったまま世界の何処かを彷徨っているはずの彼女が、私に向かって優しい声で語りかけてきます。

『……ちょっと無理をし過ぎですよ。フランケル』

はい、自覚はあります。ですが私は――。

『こんなことをするのは、今回限りですからね？』

「あ、待って！　私はあなたに……」

逆光でよく見えませんでしたが、一瞬光が差して浮かび上がった彼女の表情は微笑んでいるようで——。

『また——お会いしましょう、フランケル』

「いやだ！　行かないでくれ！　今度こそ私が——」

——ズキンッ！

「……うっ!?」

これまでで一番の激しい頭痛が走り、私は目を覚ましました。

どうやら意識が飛んでいたみたいですね。ですが……不思議なことにそれまでの痛みがウソのように引いていきました。

私は助かった——のでしょうか。

どういうわけかギリギリのところで帰ってくることが出来たようですが、さすがに今回は色々と無理し過ぎたようですね。ユリィシア、反省です。

私の膝の上では、悪魔に侵食され乗っ取られる寸前だったアナスタシアが静かに寝息を立てて眠っています。

全ての怪我も癒えており、心配していた魂の損傷も見受けられません。

「ふふふ……。よかったですわ」

私は穏やかな表情で気を失っているアナスタシアを抱えると、ほっと息を吐いて大きく胸を撫で下ろしたのでした。

52．親友

わたくしは……深い闇の中にいました。

どんよりとした空間で揺蕩いながら、心を過ぎるのは──『後悔』。

あぁ、わたくしはなんと愚かだったのでしょう。

わたくしはなんと惨めだったのでしょう。

浅はかな嫉妬などに狂い、悪魔に付け入る隙を与え、挙げ句の果てに魂まで喰われてしまった。しかも、大切な人まで巻き込んで──。

ああ、ユリィ。ユリィシア・アルベルト。

わたくしは己の浅はかな感情のせいで、何よりも大切な存在を傷つけてしまったのです。

──罪。そう、これは罪なのです。しかもただの罪ではなく、大罪。

わたくしは、かけがえのない友達を陥れた大罪によって、永遠に魂を悪魔に奪われてしまうのです。

いまさら後悔したってもう遅い。なぜならわたくしは、取り返しのつかないことをしてしまったのですから。

だけど、もし時が戻るのならば――。

わたくしはユリィに……。

謝りたかっ――……。

◆

「……――アナッ！」

「っ!?」

何度も呼びかけると、ようやくアナスタシアは目を覚ましました。すぐには目の焦点が合わないようで、ふらふらと私の顔に向かって手を差し伸べてきます。

「ここは――天国？　あなたは天使？　……ではなくて、ユリィ？」

「あぁ良かった。目を覚ましたのですね」

私が呼びかけると、アナスタシアの目に急に力が戻ります。

「これは夢……ではありませんよね？」

「もちろん現実です」

「わたくしは、生きて……る？」

「ええ、生きてます」

ちなみに今は私がアナスタシアのことを膝枕中です。膝枕はされるのが大好きなのですが、美少女に対してしてあげるのもなかなか良いものですね。

「でもどうして……わたくしは魂ごと悪魔に喰われてしまったのではなくて？」

「大丈夫です。悪魔はアナの身体から追い出して、もはや完全に消え去りましたから」

もっともその後は私のアンデッド軍団入りを果たしていますけどね。今頃はフランケル・スケルトンとともにダンジョンを徘徊していることでしょう。

「皇女様！」

「ア、アナスタシア様っ！」

先に到着して治癒も済ませていたランスロットとシャーロットの兄妹が、起きたばかりのアナスタシアに慌てた様子で駆け寄ります。

「申し訳ないでござる、皇女様をお守りするどころか危険な目に遭わせてしまうとは……拙者、腹を切って詫びるでござる！」

「兄さん、そんなことをしてもユリィシア様にまた癒されてしまうだけですよ」

「……ユリィに？」

「ええ皇女様、拙者たちはユリィシア様に助けられたでござるよ」

あ、もちろんこのふたりの怪我は私が治癒しました。

なぜかシャーロットに関しては、全身傷だらけなのにまったく血がついていませんでしたが……

どうしてでしょうかね、ネビュラちゃん？

「……ユリィシア様は戦いに敗れた私たちだけでなく、悪魔に魅入られてしまったアナスタシア様をも魂ごと救ってくださったのです」

「魂ごと――救った？　それはどういう意味ですの？　悪魔に魅入られたものは、決して逃げられないと聞いていたのですが……」

実際アナスタシアを悪魔から引き離すのはなかなか大変でした。死霊術士《ネクロマンサー》としての力と治癒のギフトの力、その両方が無ければ彼女は救えなかったかもしれません。

「ええ、本来であればおっしゃるとおりです。ところがユリィシア様は、清き力でアナスタシア様を悪魔の手から救ってみせたでござるよ！　彼女こそ――真の【聖女】でござる！」

「私は聖女などではありませんわ」

私はランスロットの言葉を強く否定します。

「そうなの……わたくしは自分から仕掛けておきながら、失敗して命を落としかけて……逆に命を救われてしまったのね。……ふふふ、実に無様で愚かで、情けないこと」

自嘲気味に呟くアナスタシアですが、言葉のわりにはスッキリとした表情を浮かべています。

「ユリィ。わたくしは――間違っていました」

「もういいのですよ、アナ」

「よくありません。だってわたくしは、あなたを陥れようとして……」

「そんなこと関係ありません。だって私たち――『お友達』でしょ？」

私の言葉に、ハッと顔を上げるアナスタシア。

「アナは友達である私に助けを求めました。だから私はアナを救った。ただそれだけのことです」

お礼を言われるほどのことも、ましてや謝るようなこともありません。

「ユリィは……こんなわたくしを……まだ友達と呼んでくれるのですか？」

「ええ、もちろんです」

だってアナスタシアは、私にとってかけがえのない大切な素体であり、正面から友人だと言ってくれた初めての女性ですからね。

私の言葉に、アナスタシアの瞳が大きく揺らぎます。

「ユリィ……ユリィ……わた、わた、わたくしは……愚かにも……嫉妬に狂って……うぐぅ……」

「そこまで想ってもらえて、私は嬉しいです」

「あな……たを……陥れよう……として……ぐぅぅ」

「気にしていません。だって友達ですもの」

「でも……でも……」

「そんなときもあります。でも――友達ですもの。友達が困っていたら、私はいつでも手助けします」

「うぅ……ユリィ……」

そしてアナスタシアは――。

「うわぁぁぉあぁぉぁぁぁあ――ぁぁん!!」

縋るように私にしがみつくと、ついには号泣しだしてしまいました。

大きな瞳からとめどなく溢れる涙はとても尊くて、まるで宝石のようです。

「ごめんなざぁぁぁあぃぃぃ、ユリィぃぃぃぃぃ！　うわぁぁぁあぁぁぁーーぁぁん！」

子供のように泣き喚くアナスタシアを、私は恐る恐る抱きしめます。

抵抗されるかと思ってドキドキしましたが、特に拒絶されることはありませんでした。ちゃんと受け入れてもらえているみたいでホッとしましたね。

「……なあシャーロットよ、拙者らは完膚なきまでに敗れたみたいでござるなぁ」

「もしかすると、たくさんのものを失ってしまったかもしれませんね。ランスロット兄さん……」

「そうかな？　拙者は――皇女様が、かけがえのない大切なものを手に入れることができたと思ってるでござるよ」

「大切な、もの？」

「うむ。皇女様が本当は心から欲しがっていたものでござるさ。もちろん、皇女様は否定なさるだ

ろうけれども」

　少し離れたところでランスロットとシャーロットの兄妹が会話を交わす様子を眺めていると、ようやく落ち着いたのか――アナスタシアが泣き止みました。懐から取り出したハンカチで涙を拭くと、潤んだ瞳で私に語りかけてきます。

「ねぇユリィ、お願いがあるんだけど……」

「ええ、なんでしょうか？」

「わたくしの――親友になってもらえないかしら？」

　親友。それは私が夢にまで見た憧れの関係。前世から探し求めていたものの、決して手の届かなかった……貴重で尊いもの。

　それをアナスタシアは――私となりたいと言ってくれているのです。

「とても素敵な考えですね！　もちろんですわ、アナ！」

「ありがとう、ユリィ。わたくしの――親友」

　こうして私――ユリィシア・アルベルトは、他の何ものにも代えがたい、大切な存在《しんゆう》を手に入れたのです。

「……（初めての親友……しかも美少女と……ぐふふ）」

「ん？　ユリィ、なにか言いまして？」

「えっ？　いいえ、なにも言ってませんよ？」

「そう、なら良いのですけど……」

ふぅ、危ないところでした。浮かれ過ぎて思わず心の声が漏れ出てしまいましたね。気をつけなければ……。

「あのー、お忙しいところ恐れ入りますがお嬢様？」

「なんですのウルフェ」

まったく、空気が読めない男ですね。今とても良い雰囲気でしたのに水を差すなんて。だからイケメンはダメなのですよ。それで、何の用なのでしょうか。

「あちらで泡を吹いて失神している生徒会長のエドゥアールをどう取り扱いましょうか？」

――あ。

エドゥアールのことをすっかり忘れてました。

eps.6 character

ガーランディア帝国

リハテンバウム王国と隣接する大国。第二王子であるシーモアの許嫁候補とするため、アナスタシアがリベルタコリーナ学園に送り込まれた。護衛のシャーロットも、身分を隠して学生として通っている。

エピローグ

Holy Undead

エピローグ

あっという間に月日は過ぎていき、二ヶ月ほどが経過しました。

汗ばむ陽気の日々が増え、リベルタコリーナ学園は夏の雰囲気に包まれています。


結局、今回の一連の騒ぎは全て闇に葬られることになりました。

私が黒魔術のミサを行っていたというのはアナスタシアの勘違いとして整理しましたし、荒れた墓地はエドゥアールが魔法を暴走させたせいだと強引に押し切りました。

途中から失神していたエドゥアールは何度も首を捻っていましたが、あの日本当にあった出来事は——私とアナスタシアだけの秘密です。


苦難を乗り越えて今まで以上に仲良くなった私とアナスタシアは、なんとメントーアに続く新たな契約を作りました。

その名も——『双子《モナミ》の契り《リアゾン》』。

極めて仲が良くなった親友同士だけが交わすことのできる特別な契りで、私たちはその第一号になりました。

「ピナとナディアも、ユリィシアお姉様たちを見習って『双子の契り《モナミ・リアゾン》』を結んだんですよ！」

「あたしたちの双子コーデはどうです、ユリィシアお姉様？」

「ええ、よく似合っていますわ」

私と姉妹の契約《メントーア・リアゾン》を結んだピナとナディアが、同じ髪形をして嬉しそうに話しかけてきます。

その後ろには、久しぶりに研究棟から出てきたキャメロンの姿も見えますね。私に気づいて手を振ってくれています。

「ユリィシア、ついにあたしの論文が王都研究所の機関紙に掲載されたの！」

「まぁ、良かったですね。さすがはキャメロンお姉様」

「ありがとう、あなたのおかげよ」

いえいえ、素敵な素体に育っていただいて私も嬉しいです。

三人に別れを告げたあと、隣を歩いていたアナスタシアが不思議そうに自分の髪を触っています。

「あの子たちも髪の一部がユリィと同じ白銀色になっていますわね。わたくしもなんですけど……どうしてかしら？」

確かに、鮮やかな蒼色のアナスタシアの髪の一房が、太陽の光を反射して白銀色にキラキラと輝いています。

「さぁ、どうしてでしょうか」

「髪の毛といえば……わたくしが悪魔に乗っ取られそうになったとき、ユリィの髪が黒くなってたように見えたんですけど、あれは何だったのかしら？」

「そ、それは——気のせいではありませんかね？」

私の答えに可愛らしく首を捻るアナスタシア。

いくら親友とはいえ、黒い魔力のことはまだ秘密にしています。なにせあれ以来どんなに頑張っても再現しないのです。なぜでしょうか、怒りが足りないのですかね？

「気のせい、かぁ……ま、いっか。あ、そういえばユリィは打ち上げでわたくしになにを見せてくれる予定でしたの？」

「あぁ！　実はですね、あの時お見せしようとしていたのは——」

私が例のアンデッドたちについて説明しようとすると——。

「あーっ！　お嬢さまーーっ!!　ちょっと用事があるんですけどーーっ!!」

どこからともなく現れたネビュラちゃんによって、強引にアナスタシアから引き離されてしまいました。……ネビュラちゃんめ。私の邪魔をするなんて、どうやらお仕置きをされたいみたいですね。

「違います、お嬢様！　アナスタシア様に『七人の聖導女』なんて見せてはいけませんよ！」

「あら、何でですの？」

「アナスタシア様を苦しめた悪魔の成れの果てでございますよ、さすがに刺激が強すぎではありませんか？」

「まぁ……確かにそうですね」

「まったく、お嬢様はこういうところが少しズレてらっしゃるんですよね」

「むぅ」

言い返すこともできないまま連れて行かれたのは、屋外にある鍛錬場。いつの間にか仲良くなったウルフェとランスロットが、剣を交えながら会話をしています。

「いやーウルフェ殿、今日も完敗だったでござるよ」

「いやいやそんなことはないですよ。ランスロット殿も強かったです」

「ご謙遜なさるな！　それよりもウルフェ殿が強くなった秘訣を教えて欲しいでござる！」

「うーん……お嬢様への愛と献身、ですかね？」

「なんと!?　で、では拙者も皇女様を……」

「ランスロット兄さん、そう言うのやめてください。本当にうざいです」

「げぇえ！　妹にうざいと言われたでござる……しょぼーん」

シャーロットの姿を見つけたネビュラちゃんが、嬉しそうに駆け寄っていきます。

「あ、シャーロット様！　その後お加減はいかがですか？」

「うえっ!?　ネ、ネビュラっ!?　ひ、ひぃぃいぃいぃ！」

ペロリと舌舐めずりをするネビュラちゃんは、なんだかとっても嬉しそうですね。一方のシャーロットは妙に顔面蒼白ですが。

「なぜ逃げるのですかシャーロット様。ボクたちの間にはなにもやましいことはございませんでした、よね？」

「ひいぃ、舐められるのもういやぁ」

「お待ちくださいシャーロット様。もし怪我したらそのときは――ボクにおっしゃってくださいね？」

「い、いやぁぁあぁあぁ！」

彼らはいつの間に仲良くなったのでしょうか。一度拳を交えると友情が芽生えるという話を聞いたことがありますが、これもその一種なのでしょうかね。

◇

鍛錬場でしばらく彼らと雑談をしていると、遠くから同じ制服を着た一団がやってくるのが見えました。

「お、どうやら騎士学校の生徒たちがやってきたようでござるな」

「アレク様は元気でいらっしゃるでしょうか」

実は今日、騎士学校との交流事業が行われることになっていました。

今年から始まった新規事業で、騎士学校の生徒たちがわざわざリベルタコリーナ学園にやってきて色々と実技を披露してくれるそうです。

ぶっちゃけほとんど興味はないのですが、私も生徒会役員のひとりとして仕方なく歓迎のお手伝いをする予定です。せめて騎士学校の生徒の中から良い素体候補が見つかるといいのですが。

「皆さん、騎士学校の生徒が来るからといって浮つくのではありませんよ！」

出迎えのために学園の門のところへ向かうと、生徒会長のエドゥアールが陣頭指揮を執って他の生徒たちに指示を飛ばしていました。その横には妹分であるオルタンスの姿もあります。

「おや、ユリィシア・アルベルト。君も手伝いに来てくれたのか」

「ええ、エドゥアール会長」

「ふふっ、本当に君は優しいな。早とちりをしたワタクシを許してくれただけでなく、以前と変わらず接してくれるとは……ワタクシは君こそ聖女に相応しいと――」

「姉さま！」

懐かしい声がエドゥアールの言葉を遮ります。

騎士学校の集団から飛び出してきたのは弟のアレクです。

「まあアレク、すっかり大きくなりましたね」

14歳になったアレクは随分と逞しくなっていました。素体ランクはしっかりと上がっているので努力は継続しているようですね。

「姉さまにお会いできるのを楽しみにしていました！　相変わらずお美しい！」

他の女生徒たちがアレクを見てキャーキャー言っています。カインに似たイケメンになっていますからね、実に不愉快です。

「アレク様、健在でございますな！」

「ウルフェ師匠！　あとで僕と模擬戦してもらえますか？　どれだけ強くなったかお見せいたします！」

「ええ、もちろんですとも！」

硬く握った拳を打ちつけ合うアレクとウルフェ。

ちょっと真似してみたくなって、私もこっそり拳を突き出してみましたが――横から伸びてきた手に強引に引き寄せられます。

「久しぶりだな、ユリィ！」

犯人はシーモアでした。歯を輝かせながら挨拶する様は、フローラが好きな王子様そのものですね。

「あら、シーモアも来ていたのですね」

「おいおい、酷い言いようだな！　今回の交流事業はオレ様の発案なんだぞ？」

なんと、この余計な事業はこいつのせいだったのですね。やけに急に決まったなと思っていたら、まさかの王家主導だったとは。

「結構大変だったんだぞ？　カロッテリーナ姉上にも手を回してもらってな。だけどおかげでこうしてユリィに会うことが――」

「カロッテリーナ様はお元気ですか？」

「あ？　ああ、なんか嫁入り修行をやってるみたいだぜ……って何か用か、アレク」

「……姉さまから手を離してください」

「おいこらアレク、お前オレ様の手を引っ張るな！　無礼だろ!?」

同じ騎士学校の生徒なので、どうやらふたりは顔見知りのようですね。どうせならこのあとの模擬戦でお互い激しくやり合って、ついでに大怪我でもしてくれると嬉しいのですが。

「怪我したらいつでも言ってくださいね、私が治癒しますので」

「おお、頼むぜ！　ユリィはオレ様専属だからな？」

「ちょっと王子、ダメですよ！　姉さまは僕だけの姉さまなんですからね！」

「なっ!?　お前シスコンかよっ!?」

「王子こそ婚約者がいるのですから、姉さまに近づかないでください！」

なにやら目の前でいざこざを始めるシーモアとアレク。仲が良いのか悪いのかさっぱり分かりません。

ですがいがみ合うふたりを尻目に、颯爽と私の前に現れたのは――。

「ダメですわ、ユリィはわたくしのものですのよ？」

「なっ……アナスタシア！」

満面の笑みを浮かべたアナスタシアが、呆気に取られるふたりを牽制しながら私の腕を掴みます。

「あなたが噂の……帝国の蒼薔薇姫」

「お久しぶりですわ、ジュリアス王子。そして初めまして、ユリィの弟アレクセイ様。わたくしは帝国の第三皇女で――ユリィの親友のアナスタシアです」

親友の部分を強調しながら私の腕をぎゅーっと胸に抱くアナスタシア。彼女の双丘の感触がダイレクトに伝わってきて、私は一瞬でご機嫌になります。

「なっ!?　アナスタシアが……ユリィの親友だとっ!?」

「姉さまが……僕以外の人と深い仲に!?」

「ええ。ですからこのアナスタシア、おあいにくと——ユリィをおふたりに渡すつもりはなくってよ？」

輝く笑顔でそう言い放つと、アナスタシアは私の手を引いて走り出しました。つられて私も駆け出します。

「あっ!?　こら待てアナスタシア！　ユリィを返せ！」

「姉さま、置いていかないでーっ！」

「おーい！　アナスタシアもユリィシアもまだ準備は終わってないぞー！」

「おやおや、アレク様もまだまだ姉離れできていないようですな」

「皇女に王子に勇者候補の弟に聖女……お嬢様の周りはいつも大賑わいでございますね」

なにやら後ろが騒がしいですが、お構いなしです。だって——今はアナスタシアと手を繋いで走るのが楽しいんですもの。

「はぁ……はぁ……もう撒《ま》いたかしら。走ったら疲れちゃったわね」

「ええ、そうですね」

逃げるように走り回っていた私たちは、学園の屋上に辿り着いていました。

アナスタシアからは既に【嫉妬の大罪】は消え去り、新たに【蒼のカリスマ】というギフトに覚醒しています。

ギフトの効果は不明ですが、素体ランクは〝SS〟のまま。アナスタシアは素体としても親友としても極上の存在であることに変わりはありません。

だから私は眼下に拡がる景色を見下ろしながら、アナスタシアに大事なことを尋ねます。

「ねぇアナ、私たち――ずっと一緒ですよね？」

「ええ、もちろん！」

はい、これで言質を取りましたね。

アナスタシア――ゲットですわ！

◇

私、ユリィシア・アルベルトは、大切な親友や素敵な素体候補たちに囲まれ、ここリベルタコリーナ学園で実に恵まれた日々を過ごしています。

そんな私も、まもなく成人を迎えます。

今回の一連の騒動を経て、私は改めて決心しました。成人し学園を卒業したら――〝あの人〟と再会するための旅に出ようと。

SSS級アンデッドにして【終わりの四人《ラスト・フォー》】のひとりである〝いにしえの大聖女〟。

前世における最大の失敗であり、私の後悔の根源でもある〝あの人〟は、今もこの世界のどこかに潜んでいます。

成人したあかつきには、なんとしても彼女と再会し、私の『不死の軍団《ヘルタースケルター》』に加えるのです。それが私の――新しく出来た目標。

前世の私は手も足も出ませんでしたが、今世の私は一味も二味も違います。

とはいえ、もっともっと力をつけ、死霊術《ネクロマンシー》を使う方法を手に入れなければなりません。

だからその日までは、この学園で幸せな日々を謳歌させていただきましょうかね。

「……もう少しだけ待っていてくださいね、〝いにしえの大聖女〟。今度こそは必ず――あなたを手に入れてみせますから」

私はいつか旅立つ日のことを想いながら、青い空に向かってそう呟くのでした。

＊　＊　＊

ここは――ガーランディア帝国の帝都ガーランド。

荘厳な雰囲気を持つ帝城の一室で、黒地に金刺繍の服を着たひとりの男性が、長い足を組んで赤い椅子に鎮座していた。

「……ジュリアス王子との婚約は成立したか。アナスタシアは案外上手くやっているようだな」

「さようでございますね、ダレス皇子」

腕にしなだれかかる、黒い神官服を着た妖艶な美女を一瞥すると、ダレスと呼ばれた男は報告書を片手に口元を大きく歪める。あれは――笑っているのであろうか。

「まぁ失敗したとて構わないさ。どうせアナスタシアなどただの使い捨ての道具に過ぎん。例の〝種〟を思念込みで植え付けてあるしな。あやつ程度では逆らうことなどできんだろう」

「恐ろしやダレス皇子、【大罪】の種を実の妹に仕込むとは……発芽すれば死にますぞえ？」

「イーイールよ、悪魔神官であるそなたが何を今更。そもそも妾腹の子など興味ないわ。……さりとてあやつもガーランディア帝家の血を引く身、【大罪の悪魔】を宿す素養くらいは持っていて欲しいものだな」

ふたりが交わす言葉の意味は分からない。

だがダレスがアナスタシアに何かを仕込んだことだけは確かであった。

「【種】は並の人間では耐えられませんが、アナスタシア様であればさぞかし素晴らしい〝魔王〟に変貌されることでしょう」

「イーイールがそう言うなら安心だな。上手く【種】を発芽させることが出来れば、王都くらいは混乱の渦に陥れられるだろう。そのときには奇襲をかけて王国を奪い取ればいいさ、クハハハッ！」

「さすがはダレス皇子でございますね」

「とはいえ、まずは帝国内を完全に掌握することが先決だな。そうしたら次のターゲットは――王国だ」

ダレスの蒼い瞳が、暗く輝く。

「そのときまでせいぜい首を洗って待ってることだな、王国の平和ボケした愚か者どもよ！　クハハハハッ!!」

ダレスは羽織っていた赤いマントを靡かせながら立ち上がると、悪魔神官と呼ばれた美女イーイールと高笑いを残して――甲高い靴音と共に部屋を後にしたのであった。

―３巻につづく―

Extra Episode

〈観光復興編1・別荘でエンジョイ！〉

「ユ、ユリィシア。よかったらあたしと一緒に別荘に行かない……かなぁ？」

二回生の夏、アナスタシアとの一件も完全に落ち着いた頃にキャメロンから誘われたのは――別荘への小旅行でした。

なんでもキャメロンの研究もひと段落してちょっとしたお休みが貰えるようになったので、彼女の実家が持つ別荘地へ一泊二日で行かないか、とのこと。

「ほら、あたしすごくユリィシアにお世話になったでしょ？　だけどなかなかお返しできなかったから……今回はそのお礼がしたいなって」

もちろん、メントーアでもあるキャメロンからのお誘いを断る理由などありません。

「もちろん、行かせていただきます」

「よかった！　すごく綺麗な湖があってあたしも大好きな場所なの、楽しみにしててね！」

それにしても別荘への招待、ですか。なんて甘美な響きなのでしょう。

なにせ前世では、一度も誰かの家に泊まったことなどありませんでしたからね。

ああ、今から胸がドキドキしてきました。

◆

キャメロンの実家が持つ別荘地は、学園からゲートを使用して二時間ほどで着く、連邦南西部のオーライズという地方にありました。

向かう馬車はネビュラちゃんが御者をし、ウルフェが単騎で周りを警戒しています。

「ははぁ、なかなか綺麗な景色でございますな！」

「ありがとうございます、ウルフェさん。あたしもこの地は大好きなんです。最近研究ばかりだったから、良い息抜きになるわぁ」

「お嬢様、キャメロン様、あそこに四角鹿がいるでございますよ」

「わー可愛い！　久しぶりに見たなぁ、やっぱりオーライズは自然豊かよねぇ」

景色には全く興味ありませんが、はしゃぐキャメロンを見ているだけで癒されますね。

「しかしこれほどの景色なら、他にもたくさんの観光客が来てたりするのでしょうか」

「それがね、オーライズには色々な問題があって……今ではほとんど人が来なくて、知る人ぞ知る観光地となってしまってるの」

キャメロンの説明によると、オーライズへと至るゲートがリベルタコリーナ近郊にしかなく、なかなか観光客が集まらないとのこと。

「あたしが初めてオーライズに来たのは10年くらい前なんだけど、その頃はまだ連邦内の観光客でそこそこ賑わってたんだ。だけど別の観光地向けのゲートが新たに発見されたあたりから徐々に廃れ始めて……今じゃぜんぜん人がいないんだって」

学園の近くにしかゲートが無いのは、確かに集客で苦戦するでしょうね。

「だから安くなっててね、両親がマジカルコースの最上級に進んだお祝いにわざわざ手に入れてくれたの。だけどね、実は来るのは今回が初めてなんだ」

とはいえ、この地が過疎なのは果たしてゲートが無いという理由だけでしょうか。

実は私、この時点で懐かしい気配を感じていたのです。

――穢れ。負の気配。重い空気。陰のオーラ。

間違いありません。この近くに私の大好きなアンデッド《もの》が存在していますね。

「ネビュラちゃん、ちょっと馬車を止めてもらえますか」

「はっ？　わ、わかりましたお嬢様」

馬車を降りた私は、濃密な気配に導かれるように一直線に進んでいきます。

「お嬢様、お待ちください！　ひとりで進むのは危険で――な、こ、ここは……」

ウルフェが絶句するのも無理はありません。

目の前に広がっていたのは――大きな湖。しかもただの湖ではありません。

「ええっ!?　ここがあの『空を映す鏡』と言われていたオーライズ湖!?　あんなに綺麗だった湖が、こんなに濁るだなんて……」

「大きな湖ですが、色がずいぶんと黒いですね。しかも匂いが……獣人の俺にはちょっとキツいです」

「何かが腐ったような臭いがするでございます。せっかくの景観地なのに、こんなに汚れていたのでは……だから人が離れてしまったのでしょうか」

オーライズ湖で発生していたのは、悪臭や濁りといったキャメロンやウルフェでさえも眉を顰めるほどの異変。

ですが私やネビュラちゃんは、その原因を既に察知していました。

「お嬢様、ここはなかなかに穢れた湖でございます。まるで湖そのものがアンデッドの棲家のようです」

アンデッドの棲家とは言い得て妙ですね。

まるで墓地を彷彿とさせる、負の気配や芳醇な陰気の香り。

「この湖は――おそらくアンデッドによって穢されてしまったのでしょう。あと2〜3年ほど熟成させれば、アンデッドを生み出す素晴らしい負の温床となるに違いありません」

「なるほど、ということはこの近くにオーライズ湖を汚染した元凶が居るのでございますね」

「ええ、この湖の近くにはおそらくアンデッド――しかも天然モノで活きのいい、そこそこ高位のやつがいるのでしょう」

その道のプロ《ネクロマンサー》としての私の意見ですが、実行した犯人《アンデッド》はおそらくスケルトン系のものです。

元々はゾンビ系だったアンデッドが、あの湖で腐った肉を削ぎ落とすことで身軽になった結果――

破棄された肉でオーライズ湖は汚染され、負の気配を発するようになったのではないでしょうか。

湖の汚染度合いから見ても、容疑者《アンデッド》はなかなかの力の持ち主だと思いますけどね。

参考までに、今回の容疑者は〝動物系由来〟のアンデッドだと考えています。アンデッドは生前の行動に影響を受けることが多いので、この湖で水浴びなどをしていた大型哺乳類だったものの仕業ではないかと。

「あのー……」

「なんです？　ネビュラちゃん」

「お嬢様は普段無口なのに、アンデッドのことになると途端に饒舌で早口にな……あいたたたっ、許してくださーい！」

私がネビュラちゃんにお仕置きしている一方で、キャメロンが悲しそうに湖を見つめています。

「ああ、本当に素敵な湖だったのに……どうにかして昔のように戻らないかなぁ」

落胆しているキャメロンには申し訳ないのですが、私はワクワクが止まりません。

なにせ荷物《にく》を落として身軽《スケルトン》になったアンデッドは、まだ近くを彷徨っているはずですから。

そして――犯人《アンデッド》は現場に必ず戻ります。

ゆえにここで張っていれば、犯人にきっと出会うことができると私は考えているのです。

「うずうず……」

ですが、ただ待っているだけなど私には耐えられません。

なにより私は――とある衝動を抑えられずにいました。

この湖に、身を沈めたい。久しぶりに、この濃密な陰の気配に溺れてみたい。

「ふらふらぁ……」

抗いがたい欲求に、私の身は無意識のうちに湖に吸い寄せられていきます。

「お嬢様、ここはなにやら嫌な予感がしますので早めに離れましょう……って、お嬢様!?」

迷うことなく湖に足を入れると、ゆっくりとその身を沈めていきます。

だってこんなにも濃厚なアンデッドの気配を目の前にして、身に浴びないなど死霊術士《ネクロマンサー》の名折れですもの。

でも落ち着くのです、ユリィシア。ここで決して不用意に湖に手をつけてはいけません。

なにせ私の両手にはやっかいなギフトがありますからね。治癒や浄化のギフトを発動させてしまっては、あっという間にこの湖は綺麗になってしまうでしょう。

慎重に、大切に、この穢れた状況をキープさせなければ――。

「お嬢様、いけません！」

ってウルフェ、何故腕を掴むのですか!?

「何をするのです！」

湖に飛び込んできて強引に引き上げようとするウルフェと、私は揉み合いになります。

「お嬢様、御身が汚れてしまいます！　早く上がってください！」

「ウルフェ、私の邪魔をしないでください！　この手を……離しなさい！」

私が力強く腕を引くタイミングと、ウルフェが手を離したタイミングが偶然にも重なります。

「あっ」

「はっ!?」

バランスを崩した私はそのまま湖に倒れ込み……盛大な水飛沫とともに、水の中に両手をついてしまいました。

「お嬢様、申し訳ありません！　お怪我は――なっ!?」

次の瞬間、私の両手が輝き出し――白銀色の光が湖面に拡がっていきます。

「あああ……」

やはり、といいますか……。

穢れていた湖は、私の力であっさりと浄化されていくではありませんか。

「おおお……。お嬢様の力で湖が綺麗になっていく……」

あっという間に清浄な湖へと変わってしまったオーライズ湖。気がつくと水辺では小鳥たちがさえずり始めています。

ううう、がっかりです。せっかくの貴重な環境が台無しになってしまいました。

「おお、俺はなんという勘違いを！　お嬢様はこの穢れた湖を浄化されようとしていたのですね！お邪魔して申し訳ありませんで……うぇっ!?」

「……ふん」

頭に来た私は、せめてもの怒りの気持ちの表現としてウルフェに水をかけます。

「お嬢様が浄化された水、たいへん美味しゅうございます！」

ですが嬉しそうに顔についた水を舐めとるウルフェ。

悔し紛れに足に蹴りを入れますが、びくともしていないのが余計腹が立ちますね。

「ユリィシア、あなた……凄いわね！」

落ち込んでいる私にキャメロンが濡れるのも厭わず抱きついてきました。柔らかボディに私の心は一気に癒されます。

「そ、そんなことありませんよ」

「そんなことあるよ、まるで昔の湖に戻ったみたいだわ！　これなら昔みたいに泳げるかも？」

「えっ？　泳ぐ、ですと？」

「ええ、オーライズ湖は湖水浴場として有名な場所でね、昔はたくさんの人が泳いでいたんだ」

「なんと」

「オーライズが廃れた理由は、湖の汚染にあったのかなぁ？　でもこんなに綺麗になったから、またたくさんの人が泳ぎに戻ってきてくれるかもね！」

見たい。水辺で水着の女の子たちが戯れている光景を見てみたい。ですが人が来ないことにはどうしようもありません。

「……あ、いま私、素晴らしいアイデアを思いつきましたわ」

「ウルフェ、ネビュラちゃん。大至急戻って水着を持って来てもらえますか」

「はっ！　承知しました！」

そう、居ないのであれば、自分で用意すれば良いのです。目の前にキャメロンという素晴らしい女性がいるのですから、彼女に水着を着てもらいましょう。

「ついでに、もし可能であれば――私の友人も呼んできていただけますか」

「お嬢様の友人、でございますね。……承知いたしました」

おまけに上手いこと誰かが来てくれれば――ぐふふ、更なる天国の完成ですね。

ただ「お嬢様の友人などひとりも居ませんでした」なんて報告を受けてしまったら、悲しくて泣いちゃうかもしれませんけどね……。

〈**観光復興編2・湖と水着と観光復興**〉

ウルフェとネビュラちゃんを一度戻してから、二時間ほどが経過したでしょうか。

綺麗になったオーライズ湖の辺りに腰を下ろし、キャメロンと雑談をしながらサンドイッチなどを頬張っていると――遠くから一台の馬車が猛烈な勢いでやってきて、中から青いドレスを着た美少女が飛び出してきます。

「ユリィ、あなたが困ってるって聞いたから飛んできたわ！」

「アナ！」

やはりアナスタシアは来てくれたのですね。さすがは私の親友！　誰も来なかったらどうしようかと思っていたので、本当に嬉しいです。

「いやぁ、ウルフェ殿に呼ばれた時はどんな場所に行かされるのかと思ったが……なかなかに風光明媚な場所でござるなぁ」

「兄さん、ちゃんと護衛しないとダメですよ」

遅れてウルフェに連れられてやってきたのは、御者をしていた軽装備のランスロットと普段着姿のシャーロットの兄妹。どうやらふたりはアナスタシアの護衛として来てくれたみたいですね。

続けて、ネビュラちゃんが御者を務める別の馬車が近づいてきます。

窓から身を乗り出して手を振っているのは――ピナとナディアです。

「ユリィシアお姉様！　ピナも来ました！」

「ウルフェ様に乞われて助けに来たのですっ！」

しかも、これで終わりではなく、続けて馬車から降りてきたのだ――。

「おーっほっほ！　なにやらお困りなのだとあなたのメイドからお聞きしましたので、このオルタンスがわざわざ来て差し上げましたわよ！」

「君のピンチと聞いて助けに来たぞ、ユリィシア」

オルタンスはともかく、なぜに天敵である聖女エドゥアールまで呼んできてしまうのでしょうか。

御者席でニヤニヤしているネビュラちゃんの様子からすると、どうやら確信犯のようですね。おのれ、あとでお仕置き確定です。

「それで——ユリィは一体どんなピンチになったのかしら？　どう見ても綺麗な湖畔でキャメロン様とピクニックを楽しんでいるようにしか見えないのですけど」

まぁ実際キャメロンとはピクニックを楽しんでいたんですけどね。

◇

「なるほど、ここオーライズを観光地として復活させたいのですね」

「ええ。すごく過疎化しちゃってて悲しいので、また昔みたいに賑わったら嬉しいなって」

水着を着たアナスタシアと一緒に泳ぎたかった、などという不純な動機を伝えると睨まれてしまいそうでしたので、キャメロンに説明を丸投げすると、そこはさすが優等生キャメロン、上手に説明してくれました。

「なるほど、わかりましたわ。ですけど……まずは泳ぎませんこと？」

なんと!? まさかアナスタシアの方から泳ごうと提案してくるとは!

「だって暑いんですもの。汗をかいて気持ち悪いし……せっかく来たんだからわたくしも楽しみたいですわ」

「たしかに観光地だっただけあって、この湖はとても綺麗だしな。アナスタシアがそう言う気持ちも分かるぞ」

「それに観光地の良さを体感しないと、良いアイデアも浮かびませんものね」

エドゥアールとオルタンスまで同意してくれます。

前世では女性の水着姿など間近で見たことなかったので、どうやって水着を着てもらおうかと思っていましたが、こうも容易いとは……ぐふふ。

「でも水着の用意が無いわ。どうしましょう」

ふ、大丈夫ですよアナスタシア。こんなこともあろうかと既に手を打ってますからね。

私が目配せをすると、ネビュラちゃんが馬車から大きなトランクを持ってきます。

「ここに全員分、予備も含めてたくさんの水着を用意してございます」

目の前に拡げられた様々なデザインの水着を前に、全員が歓声をあげます。早く皆の水着姿を見てみたいですね。

「あ、そうですわウルフェ。あなたは来てはいけませんよ」

「なっ、俺はお嬢様の護衛なのですが……」

「護衛だろうが何だろうがいけません」

「ランスロット、あなたもですよ」

「がーん、でござる！　皇女様、ご無体な……」

乙女の楽園を覗き見ることなど、イケメンに許可することはできませんからね。

「むふふ、お嬢様の水着姿が見れないのは残念でございますね」

小馬鹿にしたように笑うネビュラちゃん。

ほー、そんなことを言うのですか。だったら少し罰を与えないといけませんね。

「何を他人事みたいに言っているのですか？　ネビュラちゃんは来るのですよ」

「はぁっ!?　ボクもでございますかっ!?」

「あと水着着用も必須ですので」

「げぇえっ!?　ま、マジでございますか!?」

「マジですわ」

絶望の表情を浮かべて膝から崩れ落ちるネビュラちゃん。

ふふふ、いい気味ですわ。

◇

女子たちはそれぞれ思い思いの水着を手に取り、馬車の中で着替え始めます。

私は今回、フリルのついたセパレートタイプのスカート水着を着ることにしました。

しかし女性ものの水着というのは……なんとも落ち着かないものですね。妙に恥ずかしいのでつい タオルで隠してしまいます。

一番の楽しみはアナスタシアの水着ですが、他のメンバーだって侮れません。中でも興味があるのは——ネビュラちゃんの水着姿ですね。

私のギフトで命じたのですから、絶対に断ることはできません。さぁ、どんな恥ずかしい格好で出て来るのでしょうか。

「あら、ネビュラさん可愛い！」

キャメロンの声に振り向くと、眉に皺を寄せたしかめっ面のネビュラちゃんが登場しました。水着は——なるほど、そうきましたか。上手くズボンタイプを着て誤魔化してきましたね。

「ちっ。なかなかやるではないですか」

「ちっ、て、どういうことでございますかっ!?　これでもギリギリなんでございますよっ！」

こいつ、今の事態を想定して逃げ道を用意していましたね。

私としたことがしくじりました、事前に水着のチェックをすべきでしたね。そうすればもっと酷い目に遭わせることができたのに……。

ですがまあ今回はこれくらいで許してあげましょう。

なにせ私の目の前には——素晴らしい光景が広がっているのですから。

「うわー！　オーライズ湖で泳ぐのは久しぶり！」

ビキニタイプの赤い水着を着たキャメロンは、身体のポテンシャルが高すぎてあふれんばかりの双丘がこぼれ落ちそうです。

なんでも胸がキツすぎてこの水着しか着れなかったとのこと。んー、これは眼福です。

「女子ばっかりだから仕方ないかなって思って着たんだけど、あんまり見つめないで。恥ずかしいから……」

頬を染めながら恥じらうキャメロンの何と可愛らしいことか。

「ユリィシアお姉様、素敵な水着姿ですね！」

「同性でもメロメロです！」

元気いっぱいに飛び出してきたのは、ビキニにフリルのついた水着のピナと、タンクトップにパンツスタイルの水着のナディアです。

さすがにキャメロンと比較するとふくよかさでは及びませんが、両腕に抱きつかれるとドギマギしてしまいます。

「ふふふ、皆さんなかなかやりますわね。でもアタクシも負けてなくてよ！　それにエドゥアールお姉様はもっと素敵ですわ！」

髪をかき上げながらやってきたのは、ワンショルダーのビキニ水着を着たオルタンス。その後ろからは、真っ黒なクロスビキニを着たエドゥアール。

「聖女であるからあまり水着姿にはならないのだけど……おかしくないかな？」

ちょっと悔しいのですが、聖女とはいえエドゥアールはスタイルも良いので似合っています。これはさすがに認めざるを得ませんね。

「おかしくなどありませんわ。素敵です、エドゥアール会長」

「そうか、ユリィシアにそう言ってもらえるなら着替えた甲斐があったよ」

「お待たせしました、皆様」

そして最後に登場したのは、青いワンピース水着を着たシャーロットに引き連れられた——お待ちかね、アナスタシアです。

フリルのついたツーピースの水着を着た彼女の姿は実に可愛らしく、まるで彼女の周りだけがキラキラと輝いているようです。

「アナ、とってもお似合いですわ」

「ありがとうユリィ。あなたとお揃いにしたくてわたくしもフリル付きのにしたのよ。さぁ、もう我慢できないわ。早速泳ぎましょう！」

今度はアナスタシアに手を引っ張られて、ゆっくりと水に足をつけていきます。

黄色い歓声を上げながら、次々と水の中に入っていく乙女たち。

ああ、これこそが——私が前世から夢見ていた情景ではありませんか。

私は、気がつくと涙を流していました。人は、悲しい時以外にも涙が出るのですね。

「えいっ！」

お茶目に笑うアナスタシアに水をかけられて、すぐに涙は流されます。

お返しに水をかけると、アナスタシアは「やったなぁ！」と言いながら私に抱きついてきました。

ああ、こんな時間だったらいつまでも続けば良いのに！

◆

「オーライズ湖はなかなか素敵な場所ですわね。ですが観光地として復活させようとすると……いろいろなことを分析する必要がありますわ」

一通り泳いだあと、シャーロットとネビュラちゃんが淹れてくれたお茶を飲んで休憩していると――真面目な表情を浮かべたオルタンスが皆に提案してきました。

「分析というが、具体的には何をどうするのだ」

「そうですわね、エドゥアールお姉様。たとえば……オーライズの顧客層となる可能性のある観光客は、連邦の人たちか、もしくは――近くにゲートがあるリベルタコリーナ学園の人たちとなりますわ。ですから、学園の生徒たちをターゲットにした観光地として売り込めばよいのではないかと思います」

思いの外ちゃんとした分析に、私は思わず拍手してしまいます。

「すごいな、よく考えているじゃないか」

「こう見えてアタクシ侯爵家の娘ですので、地域復興や観光促進なども勉強してきていますの。……エドゥアールお姉様にお褒めいただき光栄ですわ」

知識や商才もあってオルタンスは実に素晴らしい女性ですね、あのエドゥアールと姉妹になっているだけでも尊敬しますのに。

「とはいえ、さすがにこの湖だけでは観光地として魅力不足ですわね。ですから――」

「新たな観光名所を探すのね」

アナスタシアの言葉にオルタンスだけでなく全員が頷きます。

ですが、キャメロンが申し訳なさそうな顔でおずおずと手を挙げます。

「だけど……新しい観光地を探すとなると手間暇かかるわ。だからその……あたしのわがままのために帝国の皇女様や侯爵ご令嬢に聖女様にまでお手伝いいただくのはちょっと……」

私はもともとアンデッドを探すために残るつもりでしたから、キャメロンを手伝うことに何の問題もありません。ピナとナディアも私のメントーアであるキャメロンのことを慕っているので、協力するのは当然と思っているようです。ですが他のメンバーはどうでしょうか。

「あら、わたくしは構いませんわ。乗りかかった船ですもの」

「アナは手伝ってくれるのですか？」

「ええ、もちろん。それに……ユリィと保養地を作れるなんて、なんだか素敵ですし、ね？」

「アナ……ありがとうございます」

続けて聖女であるエドゥアールも手を挙げます。

「いや、その……なんだ。先日の不手際のお詫びというか、ワタクシに出来ることなら協力したい」

「エドゥアールお姉様が参加されるのであれば、妹であるアタクシも当然参加しますわ。観光地を新たに創り出すなんてなかなか興味深いですし、それに……」

ちらりと私のほうを見るオルタンス。

「どうしました？」

「友だちとして……いえ、なんでもありませんわ」

結局、全員がオーライズに一泊し、新たな観光資源探しをすることになりました。

そうと決まれば、やるべきことはオーライズ近郊の探索です。水着から着替えると、チーム分けして近隣の探索を行います。

肝心のチーム分けですが——私とアナスタシアに護衛としてランスロットとシャーロット、ピナとナディアとキャメロンに護衛のウルフェ、オルタンスとエドゥアールに護衛としてネビュラちゃんの組み合わせとなりました。

「お嬢様、ボクを聖女と組ませるなんてあんまりではございませんか！　せめてシャーロット様と一緒が良かったのに……」

ふふふ、せいぜい昇天させられないようにがんばってくださいね。

「さあ、探索に行きましょう！」

オルタンスが気合を入れている横で、エドゥアールがなぜか聖女服に身を包んでいます。

「会長、その格好はどうしたのですか？」

「いや、この地に来てからなんとなく禍々しき負の気配を感じるのだ。だから聖女としての勤めを果たそうと思ってな」

むむむ、いけません。もし彼女に件のアンデッドが見つかってしまっては即昇天させられてしまうことでしょう。

これは何としてでもエドゥアールより先に見つけなければなりませんね。


〈観光復興編３・観光地とアンデッド〉

私とアナスタシア、それにランスロットとシャーロットの四人は、オーライズ湖に流れ込む川の上流に向かうことにしました。

もちろん目的は――オーライズ湖を汚染した元凶であるアンデッドを、エドゥアールより先に探し出すことです。

「いやぁ、姫様の水着姿を拝みたかったでござるなぁ」

「兄さん、その余計な口を塞いでもらえますかね。さもないと本当に嫌いになりますよ」

「実の妹にそう言われるのは、なかなか心にクるものがあるでござるなぁ」

兄妹の会話を耳にしながら歩いていると、横にいたアナスタシアが私の手を軽く掴んできます。

「ねぇ、ユリィは怖くないの？」

「怖い？　何がですか？」

「だって、わたくしたち三人はつい先日あなたたちのことを……」

ああ、そういえばそんなことがありましたね。

「まったく気にしていませんわ」

「ふふふ、わたくしユリィのそういうところが大好きよ」

アナスタシアのような美少女に好きなどと言われると、つい舞い上がってしまいますね。

「この辺りは魚が釣れそうでござるなぁ。姫様、釣りは観光資源としてどうでござろうか？」

「悪くはないですわね、候補としてメモしておきましょう」

「アナスタシア様、たとえば鉱石などは採れないのでしょうか」

「鉱石は……資源にはなっても観光としての使い道は難しいかしらね。でも瑪瑙《めのう》や翡翠《ひすい》のような綺麗な石が採れるようであれば、女子には受けるかもしれませんね」

いろいろなアイデアが三人の間で飛び交う中、私はアンデッドの気配をずっと探しています。うっすらと感じることはできるのですが、やはり具体的な居場所を特定するのは難しいですね。これは夜になってから再捜索すべきでしょうか。

「ユリィ、あちらを見てくださいます？」

しばらく歩いた先で見つかったのは、大きな落差のある滝でした。

「かなり大きな滝ですね」

「水飛沫が虹を作ってすごく綺麗……ユリィと見れて良かったですわ」

「私もですよ、アナ」

滝の裏側にアンデッドでもいればもっと良かったのですが。

「あなたと居られる時間は宝物みたいだわ。どうせならこの宝物を何かの形にして——ああ、そうですわ。見つけましたわ」

「ほえ？　何を見つけたのですか」

「……うふふ、今はまだ秘密よユリィ。でもいろいろと整理出来たら改めてお話しするわね」

結局そのあともはぐらかすだけで、アナスタシアが見つけたというものを教えてもらうことはできませんでした。

しばらく滝を観察してからオーライズ湖畔に戻ると、既に他のチームも戻ってきていました。

どうやら幸いなことに、どのチームもアンデッドを見つけられなかったようですね。エドゥアールに先に見つけられたら即昇天ですからね。とりあえずは一安心です。

あ、あとそれぞれ名所候補となる良い場所を見つけてきたようです。

「ピナたちは絶景が見渡せる丘を見つけました！」

「いますぐ絵に描きたいくらい素晴らしい眺めです！」

「うんうん、研究疲れが一発で吹き飛ぶくらい素敵な風景だったわ」

ピナとナディアとキャメロンのチームが見つけてきたのは見晴らしの良い丘でした。

「アタクシたちが見つけたのは、木々がきれいに並んだ小道ですわ」

「歩いているだけで清浄な気分になるすばらしいところだったぞ。たぶん紅葉の季節には綺麗に色づくであろうな」

オルタンスとエドゥアールが見つけてきたのは、木々が整然と並んだ小道でした。

私からすると小道のどこが良いのかはわかりませんが、アナスタシアもうんうんと頷いているので普通の女子にはニーズがあるのでしょう。

「今回皆さんが見つけた〝絶景の丘〟に〝綺麗な小道〟に〝荘厳な滝〟は、いずれも素晴らしい観光名所となりうる場所ね」

「アタクシは各名所に名前を付けることを提案しますわ」

そうしてオルタンスが提案した名称は――。

「それぞれ【蒼薔薇の滝】、【聖女の小道】、【白銀天使の丘】を提案しますわ」

はい？　その名称ってもしや……。

「オルタンス先輩、その名称はやはり学園の生徒を狙ってのことですね？」

「ええ、そのとおりよピナ。なぜならユリィシア、アナスタシア様、エドゥアールお姉様はリベルタコリーナ学園の三大人気者なのですから！」

「あー、あたしだったらその名前を聞いたら行きたくなりますね！　そうだ、あたしはそれぞれの名所の絵を描くのです！　ああ、イマジネーションが湧いてきたのですぅ！」

そう言うが早いか、キャンバスを取り出すと魔眼を駆使して絵を描き始めるナディア。

「できましたっ！」

あっという間に書き上げたのは――四枚の絵画です。

一枚は、先ほど見つけた滝のふもとに佇むアナスタシア。

二枚目は、綺麗に木々が並んだ小道を歩く、聖女服姿のエドゥアール。

三枚目は、絶景の丘の上に立つ私の姿。

そして最後の四枚目には――オーライズ湖畔で談笑している私、アナスタシア、エドゥアールの三人。

「ナディアさん、素晴らしい絵ですわ！」

「ああ、これは……たくさん生徒たちが来ちゃうかも！」

「来ますね。ピナもいっぱい宣伝します！」

オルタンス、キャメロン、ピナがそれぞれ絶賛しています。

「これで学園からのお客様が来てくれるようになれば、オーライズ復興は間違いなしですわね！」

アナスタシアの言葉に、一同は一斉に頷いたのでした。

◆

その日の夜、私はキャメロンの別荘からこっそりと抜け出そうとしていました。

もちろん、例のアンデッドを探すためです。お手伝いとしてネビュラちゃんを呼び出そうと考えていたところ、背後から声をかけられました。

「ユリィ、わたくしと少しお話しできないかしら？」

「アナ！　お話し、ですか？」

「ええ、あなたとゆっくりお話ししてみたいなって」

本来であれば時間が惜しいところですが、アナスタシアからの誘いであれば断る理由はありません。すぐに頷くと、ふたりで別荘から外に出ました。

頭上には満天の星空です。今日は月が見えませんね、地面の反対側にあるのでしょうか。

そのとき私は不意に――ずっと探していた気配をすぐ近くで感じました。

そう、あいつです。オーライズ湖を汚染した元凶であるアンデッドです。

「お昼に思いついたことなんですけど……あのねユリィ、わたくし気づいたの。本当に自分のことを大切に思ってくれる人は、ピンチの時にこそ現れるって」

なぜこんなにも近くに現れたのでしょうか。

もしかして湖が浄化されたことで居場所を失ってしまったからでしょうか。それとも別の何かがあるのか……。

「ランスロットも、シャーロットも、命を賭してわたくしをサポートしてくれました。本当に大切な絆です」

絆――アンデッドを引きつける絆のようなものが、この近くにあるのだとしたら……。

「そしてユリィ、あなたはわたくしを許してくれた。だからわたくしは貴女と――姉妹を超えた特別な関係を創りたいと思っているのです」

私もアンデッドと特別な関係を……って、そんなことを考えている場合ではありません。気配がどんどん近づいてきます。このままでは、遭遇して――。

「わたくしが考えたのは【双子の契り《モナミリアゾン》】、というものです。これは」

きたーーっ！！

『コツコツツコツ、トントンコツコツコツ』

「え？　な、なんですの!?」

私たちの前に姿を現したのは、四本のツノを頭上に持つ、馬車ほどの大きさの動物型スケルトン。

彼こそが――オーライズ湖を穢した元凶。

私が探し求めていた天然モノのスケルトンなのです！

私の《鑑定眼《アプレイズアイ》》によると、この子の正体は――トゥランコツァル・スケルトン。

素体となる〝四角暴豚《トゥランコツァル》〟は、別名『森の暴君』と呼ばれる巨体で凶暴な豚型魔獣です。それが死してアンデッド化し、腐った己の肉をオーライズ湖に破棄して生まれたのがこのトゥランコツァル・スケルトンなのです。

そもそも四角暴豚《トゥランコツァル》は非常に美味であることから狩りつくされており、アンデッドとして見つかることはとても珍しいです。

ゆえにそのアンデッドランクは、レアリティも含め――Aランク。私も実物を見るのはこれが初めてですね。

ああ、なんとしても欲しいです。私のコレクションに加えたい。

そのためにはちゃんとこのトゥランコツァル・スケルトン――名前が長いので『トンコツスケルトン』と呼びますかね、を捕縛しなければ……おっといけません。不用意に触れると昇天させてしまいますからね。

私は何度も同じ過ちを繰り返すほど愚かではありません。ここは慎重に対応しましょう。

「ユ、ユリィ、だいじょうぶ!?」

ええ、もちろん大丈夫ですとも。こちとらテンション爆上がりですから。

しかしどうやって捕縛しましょうか。

湖を浄化されて寝床を奪われたアンデッドは、かなり怒り狂っています。ここはネビュラちゃんを呼んで影魔法で——。

『トントンッコツコツッ!!』

「ユリィ、危ないっ!!」

猛烈な勢いで突進してくるトンコツスケルトンから避けるために、アナスタシアが私の身体を抱えて横に飛びます。

「ユリィ、大丈夫?」

「ありがとうございます。助かりました」

おかげで不用意に触れて昇天させずに済みました。

通り過ぎて行った先ではドゴーン、と凄い音がして、木が倒れ地面がえぐれています。凄いパワーですね。トンコツスケルトン、ますますコレクションに欲しくなりました。

……おや、トンコツスケルトンの向こう側になにやら白い煙のようなものが見えますね。あれは何でしょうか。湯気……でしょうか?

「アナ、あの湯気は何でしょうかね？　あそこにお湯があるのでしょうか？」

「ユリィ、そんなことよりも逃げて！　ここはわたくしがどうにかしますから」

いえいえ、逃げたりはしませんよ。むしろ逃がすつもりがありませんから。

「アナこそ逃げてください。大切なので」

あんな貴重なアンデッド、ここで逃がすわけにはいきませんからね。

「ユリィ、あなたそこまでわたくしのことを……」

『トントンッコツコツッ！！』

アナスタシアと会話している間にも、体勢を整えたトンコツスケルトンが再びこちらに突進してきます。さぁ、どうやって捉えましょうか。

——そのときです。

「聖母神様よ、聖女に破邪の光を——《聖雷光破》！」

対応を逡巡していた私の目の前で、見覚えのある白雷がさく裂しました。

『トンコッツゥーー！！』

哀れトンコツスケルトン。聖なる力を宿した巨大な雷を前に、一撃で粉々に砕け散ってしまったのです。

ああ、私の大切なトンコツスケルトンが……。

「間に合ったか、ふたりとも無事か？　邪悪なるアンデッドはこの【英霊乙女《えいれいおとめ》】エドゥアールが撃退したから安心したまえ！」

　残念ながら間に合いませんでした。

　トンコツスケルトンを昇天させたのは、我らが宿敵――聖女エドゥアールです。ああ、この事態だけは避けたかったのに……。

「エドゥアール会長、ありがとうございます。わたくしもユリィもケガ一つありませんわ」

「邪悪な気配を感じて来てみたら、君たちがアンデッドと交戦中で驚いたよ。でも無事でよかった」

　大切なアンデッドを目の前で昇天させられてしまうとは……やはり聖女は私の宿敵ですね。聖女なんて大嫌いです。

「あれ、ユリィはどうして泣いてるの？　もしかして怖かったの？」

「いえ……」

　哀れ粉々になってしまったトンコツスケルトン。私はせめてもの気持ちとして骨片を拾い上げると、そっと懐に収めます。

　あなたはいつか【不死の軍団《ヘルタースケルター》】のもとに連れて行ってあげますからね。

「さあ、アンデッドも無事昇天させたことだし。別荘に戻ろうか」

「ええ……あ、そういえば先ほどユリィは湯気がどうのと言っていませんでしたか？」

　そういえば先ほどからゴゴゴゴゴゴ……と地鳴りのような音が聞こえてきますね。

　徐々に音が近づいてきたかと思うと――次の瞬間、プシャーと音を立てて地面から凄い勢いで水が噴き出してきました。

「なっ⁉　これは、水？　いえ、湯煙が出ているから……温水⁉」

エドゥアールの驚きの声を聞きながら、私とアナスタシアは突如発生した湯煙立つ水柱ならぬ湯柱を――呆然と見つめていたのでした。

〈観光復興編４・温泉とネクロマンサー料理〉

トンコツスケルトン亡き後、地面から吹き出したのは――硫黄の匂いのする温水でした。なんとオーライズには温泉も存在していたのです。

あのトンコツスケルトンは、どうやらこの温泉地帯を寝床にしていたようですね。

「温泉が湧くとは……さすがはユリィシアお姉様、ピナ感激です！」

「噴水みたいで綺麗ですの！」

「そういえば昔は温泉もあったって話を聞いたことがあるわ。でも本当に湧き出てくるなんて……ユリィシアすごい！」

「今日探してきた名所に加えて温泉まで……これならいけますわ！」

温泉と聞いてやたらテンションが上がる女子たちを、エドゥアールが手を挙げて制します。

「だが泉質を確認せねば使い物になるかは分からないな」

「確かに……エドゥアールお姉様のおっしゃるとおりですわね」

頭を悩ます2人に解決策を提示したのはアナスタシアでした。

「だったら、実際に入ってみて確認するのはどうかしら？」

実際に入ってみる？　誰が？

「もちろん、わたくしたちに決まってますわ」

アナスタシアと、温泉に入るですって⁉

そんな素晴らしいイベントが待ち構えているとなれば、落ち込んでいる暇などありません。

私は今は亡きトンコツスケルトンに一瞬だけ想いを馳せると、すぐにウルフェとネビュラちゃんに命じます。

「迅速に、温泉の用意をするのです！」

◇

こうして急ピッチで整備されることになった温浴設備。

もう一日延泊することにし、翌朝からキャメロンが魔法を駆使して湯船を掘り、ネビュラちゃんが削り出した石をウルフェとランスロットが敷き詰めていきます。

他の皆も片付けや掃除をしたりして準備を手伝います。そこに貴賤の差はありません。

「身体を動かすと気持ちいいわね」

腕を捲って額に流れる汗を拭うアナスタシアの仕草の、なんと可憐なことか。ふぅと息を吐く様子を見るだけで胸が高鳴ります。

「どうしたのユリィ？」

「な、なんでもありませんわ」

さらには着替え用の小屋まで用意して――温浴設備の構築は驚くべきスピードで完成しました。

「用意ができたわね、入りましょう！」

アナスタシアの号令で、皆が小屋の中で服を脱ぎ始めます。もちろんウルフェやランスロット、ネビュラちゃんは外で見張りです。乙女の素肌を見せるわけにはいきませんからね。

「うわっ、キャメロン先輩の胸すごいですね！」

「ほんとです、ブラから溢れそうですぅ」

「や、やめてよぉふたりとも。恥ずかしいわ」

声に釣られて思わず視線を向けると、下着姿のピナとナディアが同じく下着姿で照れるキャメロンと楽しそうに会話しています。

というか、下着……。

なんということでしょう。私の周りはみんな下着姿になっているではありませんか。

「オルタンス、なかなか手の込んだ刺繍のブラをしてるな。どこの職人の手によるものなのだ？」

「さすがエドゥアールお姉様、お目が高いですわ。こちら王都でも大人気のブランドですの」

乙女の下着談義……果たしてこれは私が聞いていても良い内容なのでしょうか。

「シャーロット、あなたの下着はちょっと色気が足りないのではなくて？」

「ですがアナスタシア様、護衛の任務で色気など不要なのではないかと……」

「何言ってるの。チラリがいいのよ、チラリが。そうして男性の気を引かないと、ね？」

私はシャーロットのスパッツのような下着も、それはそれでアリだと思うのですけどね。

「ねぇ、ユリィもそう思わない？」

「ふぇっ!?」

こ、ここで私に下着談義を振りますかね!?

「ほら、ユリィだってこんなに可愛い下着を着てるじゃない」

「わ、私はその……母親が買ってくれるものを黙って着ているだけなのであって……特にこだわりなどは無くて……」

「うふふ。ユリィの下着姿なんて、なんだかドキドキするわね」

いえ、それはこちらのセリフなんですけど……。

アナスタシアの着る青いレースの下着に目が釘付けになりながら、私はただウンウンと頷くことしかできないのでした。


「ふわぁぁ、気持ち良いのですぅ」

「身体の疲れが落ちていくようですね」

湯船に浸かりながらピナとナディアがため息を漏らし、その向こうでキャメロンは惚けた表情で壁にもたれかかっています。これはもう鼻血ものですね。

「エドゥアールお姉様は本当に身体が引き締まってますわね」

「ははは、聖女たるもの日々鍛錬は怠らないものだからな」

全裸で割れた腹筋を見せびらかすエドゥアールに、手を伸ばすオルタンス。どうにも目のやり場に困って、思わず顔を半分ほど湯船に沈めてしまいました。

「どうしたの、ユリィ？」

「ア、アナ！」

タオルで前は隠しているものの、素晴らしいスタイルのアナスタシアに声をかけられ卒倒しそうになります。

「ユリィったら脱いだらすごいのね」

「はひっ?!」

いきなりアナスタシアに腕を触られて、つい動転してしまいます。というか裸体のアナスタシアがまともに見れない……。

「ふふっ、ユリィってば照れてるの？」

「な、な、な、なんでもないですわ」

ああ、こんなに幸せな時間ならずっと続けば良いのに。

◇

温泉から上がると、すっかり日が暮れていました。

今夜はこのメンバーが揃う最後の機会なので、屋外で手料理を用意することになりました。

「アナも料理を作れるのですか？」

「もちろんよ！」

気合いを入れて髪の毛をポニーテールに縛るアナスタシア。雰囲気がガラッと変わり、大人っぽい色香を醸し出しています。

特にうなじのあたりが綺麗ですね、なんだかドキドキします。

「あの、アナスタシア様。料理は控えた方が……」

「何言ってるんですかシャーロット。わたくしにかかれば料理なんてこのとおり……きゃあ！」

いきなり爆発する鍋。慌ててシャーロットが庇ったので怪我はしていないようですが、念のため治癒します。

「うーん……わたくしの料理って、なぜか毎回爆発するのよね。おかしいわ、もう一回チャレンジしてみようかしら」

「アナスタシア様、こ、このくらいでやめておいた方が良いかと……」

「あら、なんで？　向上心を失ったら人は成長しないのよ？」

なんだかシャーロットが泣きそうな顔をしているので、ここは助けに入ることにします。

「それでは私が料理しますわ」

「えっ!?」

「なんと!?」

どうしてネビュラちゃんとウルフェまで驚いた顔をするんですか？　私だって料理くらいできますからね。

前世で培ったネクロマンサー料理、とくと召し上がれ！


今回私が作ったのは、じっくりコトコトと煮込んだシチューです。

たくさんの野菜や肉などの素材を入れています。もちろん隠し味も……ふふふ。

「完成しました」

「おお、美味そうですね！」

「こ、これは意外と!?　いやしかしお嬢様ですし……」

ネビュラちゃんの警戒度合いはさすがにむかっとしますね。

「じゃあ味見してみますか？」

私がシチューを皿によそうと、ウルフェは嬉しそうに、ネビュラちゃんは苦虫を噛み潰したかのような表情で口にします。さぁ、私のスペシャル料理のお味はいかが？

「これは……美味い！」

「なんというコクと深み。これがお嬢様の料理なんて、信じられない……」

「ふふふ、そうでしょうそうでしょう。さすがは私が作ったネクロマンサー料理【スケルトンシチュー】ですわ」

「ごぶばあっ!?」

な、なんですかネビュラちゃん、いきなり吹き出すなんて汚いですねぇ。

「お、お嬢様……今なんとおっしゃいました？」

「ネクロマンサー料理？」

「そのあとでございます」

「スケルトンシチュー」

「ぶほっ！」

今回の料理では、たまたま偶然手に入った素材を利用させてもらいました。

ありがとう——トンコツスケルトン。
あなたの骨は、私が大切に煮込ませていただきましたからね。温泉の成分が染み込んでいるから
か、非常に良いダシが取れました。
前世でも動物系のスケルトンの骨をよくダシにしていましたが、さすがはAランクアンデッドの
骨だけあって、素晴らしいコクと香りです。シチューの味がワンランク上がりましたね。
今回はエドゥアールに昇天させられてしまいましたが、有効活用できて良かったです。
昇天しても私の役に立つとは、本当に惜しい存在《アンデッド》を昇天《なくし》ましたね。
願わくば来世では、私の【不死の軍団《ヘルタースケルター》】の一員となって、アンデッドとして私のために尽くして
くださいね。

「まぁ、すごく美味しいですわ！」

「ふーむ、優しい味だな」

「ユリィシアお姉様、とっても美味しいです！」

「あたしおかわりしたいかも……また太っちゃうかな」

私が作ったスケルトンシチューは、皆様にとても好評のようです。

「ユリィシアお嬢様の手料理……このウルフェ、人生に悔いなしです！」

「ボクはちょっと……お腹いっぱいですので遠慮させていただきます」

「はは！　皇女様の爆発料理より素晴らしいでござるよ！」

「に、兄さん！　言葉！」

従者たちも満足のようですね。ただネビュラちゃんはあとでお仕置きですね。

「ユリィ。わたくしこれまで色々な料理を食べてきましたけど、とっても不思議な味がしますわね。何か隠し味でもありますの？」

「ええ、良いダシが見つかりましたので」

「ダシ……何を使ったのですか？」

「うふふ、ナイショですわ」

◆

こうしてオーライズは——リベルタコリーナ学園の生徒向けの身近な観光地として、私たちによって大々的に宣伝されることになりました。

清く美しいオーライズ湖、荘厳な青薔薇の滝、優雅な気持ちになる聖女の小道、そしてオーライズ全体を見渡せる絶景な白銀天使の丘。さらにはトンコツスケルトンの遺志で発見されたオーライズ温泉もあります。

ナディアの描いた私たちの絵やオルタンスによる積極的な観光情報発信もあって、オーライズの人気はすぐに爆発しました。なんでもあまりの人気に予約も取れない状況なのだとか。

おまけに来年にはリベルタコリーナ学園としては初めての林間学校が、このオーライズで実施されることになったそうです。

「比較的近くの場所で自然豊かで、安全に行ける場所が見つかったからって、学園側も急遽実施することにしたんですって」

というのはアナスタシアの情報。しかも騎士学校も演習先として検討しているそうです。

オーライズはトンコツスケルトンとの出会いと別れという悲しい思い出の残る地ではありますが、観光地として発展したのは良かったですね。

「ユリィ、来年の林間学校のときも一緒に温泉に入りましょうね」

「ええ、もちろんですわ！」

私はアナスタシアの温泉での姿を思い出し、思わず口元を押さえるのでした。

〈特別編・ネビュロスの過去とネビュラの未来〉

「ふーっ、今日も1日が終わったでございますね」

ネビュロス改めネビュラは大きく息を吐くと、いつもユリィシアが拠点としている学園内の墓地にひとり腰を下ろす。

ユリィシアに完敗して彼女の配下となり、ネビュラと名を変えてメイドとして仕えるようになって既に2年近くが経過していた。

「まさかボクが、こんなことになるとは……」

ウルフェのように、ユリィシアに盲目的に忠誠を誓っているわけではない。

ならば自分がユリィシアの側にいる理由は何なのか、ネビュラは改めて自身の過去に思い耽る――。

◇

アンデッドは生物の死後に発生するというが、ヴァンパイアの真祖であるネビュロスには当てはまらない。

事実――ネビュロスは、とあるダンジョンで産まれた。いや、覚醒したという表現の方が正しいかもしれない。

そこは、ダンジョンと呼ぶにはあまりに歪な場所だった。

ネビュロスが目を覚ました時、最初に認識したのは――緑色の液体が詰まった大きな円筒形のガラスの中に浮かんでいる自分の姿だった。

全身に繋がれた大量の管を強引に引き剥がし、液体の海から外に出る。

名前がないことを不便に思い、ダンジョンに刻まれた古代王国文字――【ネ・アル・ビュ・イック・ロ・スアンダルス共同研究所】から取って〝ネビュロス〟と名乗ることにした。

覚醒した瞬間から、ネビュロスは様々な知識を持っていた。

自分が真祖のヴァンパイアであること。数々の言語や世界に関する基礎知識。そして、人間界の文化――ただしそれは100年以上前のものではあったが。

そのダンジョンがかなり異質な場所だったことを、ネビュロスはのちに知ることとなる。

自身が眠っていた緑色の液体に満ちたガラスもそうだが、周りには様々な色の小さな魔法具の明かりや、たくさんのボタンがついた魔法具たちが壁一面に置かれていたあの場所は、明らかに現在の文明の域を超えていた。

自身が外に出た後、二度と入ることが出来なくなったあのダンジョンは一体何であったのか。のちにネビュロスはあそこが『真祖のゆりかご』だったのではないかと思うようになっていた。

自分の他に誰もいない、己を創出《うみ》した——まるで実験室のようなあの場所。

誰が、何のためにあの場所を用意したのか。

真祖——すなわち始まりのヴァンパイアを生み出したのは一体誰なのか。

真祖を作り上げるような存在は、もちろん死霊術士《ネクロマンサー》などではない。

可能性として最も高いのは、すべてのヴァンパイアの頂点に立つ王《ロード》。【終わりの四人《ラスト・フォー》】と呼ばれるもののうちの一柱であるヴァンパイアの開祖——【宵闇の吸血王】によって生み出されたのではないかと考えた。

だからネビュロスは【宵闇の王】の二つ名を名乗り、アンデッドの頂点を目指すことにした。

自分が生み出された理由を知るために。そして、最強最高と呼ばれるヴァンパイアロードをも越えるために。

彼が頂点を目指す道の途中で目をつけたのが——【黄泉の王《ジ・アビス》】フランケルだった。

◇

当時のフランケルは、ダンジョンから出たばかりのネビュロスの耳にも入るほど有名な死霊術士《ネクロマンサー》だった。

最強の不死の王《ノーライフキング》【奈落】の弟子であり、人々を恐怖のどん底に陥れた史上最悪の死霊術士《ネクロマンサー》。

知名度、行った悪行、そして聖母教会からかけられた賞金額。その全てがトップクラス。

ある悪事では、ゾンビの群れを全てスケルトンに変えて近隣の街に襲いかかったという。また別の悪事では、霊峰バーヴァインに眠る古代龍をドラゴンボーンスケルトンとして蘇らせたという。

フランケルは悪事を行う際、最強のアンデッドの軍団である【不死の軍団《ヘルタースケルター》】を率いていた。彼らは【万魔殿《パンデモニウム》】という、どこにあるのか分からない場所に封じこめられ、世界中で神出鬼没に出現したという。


フランケルが犯した数々の悪行の中でも特に有名なものが——なんといっても【終わりの四人《ラスト・フォー》】のうちの一体をこの世に生み出したことであろう。

彼は恐れ知らずにも、聖母教会の総本陣『大教会《エクレーシア》』に忍び込み、長年安置されていた大聖女の遺骸を強奪したのだ。

それだけには飽きたらず、大聖女を死霊術《ネクロマンシー》でアンデッド化したのだという。

信じられない蛮行。なんという神をも恐れぬ悪行。誰もが決して思い付かぬ恐ろしいことを、この死霊術士《ネクロマンサー》はやってみせたのだ。

こうして誕生したのが、史上最強のアンデッドのうちの一角となるＳＳＳ級アンデッド〝いにしえの大聖女〟だった。

しかもフランケルは、聖母教会に大打撃を与えるべく——自身は安全な場所からアンデッド化した大聖女を『大教会《エクレーシア》』に召喚し、大暴れさせたのだ。

大聖女はすぐにいずこかへ立ち去ったものの、聖母教会は大混乱に陥ったという。まさに歴史に残る大犯罪者であった。


フランケルほどの人物を倒せば、自分の名も売れ、格も上がるはずだ。

そう確信したネビュロスはフランケルを追いかけることに決めた。

だが、数年の調査の上でようやく居場所を突き止めたときには——フランケルが英雄カインとフローラと最終決戦を行うところであった。

「今のボクではカインとフローラには勝てない。ならば——」

ネビュロスは影に潜むと、フランケルが討たれた瞬間に遺骸を差し替えるという荒技を行う。

すぐに浄化を行なって遺骸を灰にした英雄ふたりは、ネビュロスのすり替えに気づいた様子はない。

こうしてまんまとフランケルの遺骸を手に入れたネビュロスは、ここからしばらくは力を蓄える。

フランケルを倒し名を売るという作戦は失敗に終わった。ならば今度は——己の力で王国を混乱に陥れよう。

とあるダンジョンでバッグベアードを手に入れ、アンデッドとしても格を上げたネビュロスは、いよいよ温めていた作戦を実行する。

第二王子に呪いをかけ、王城を中から混乱させ、街にアンデッド軍団を叩き込む。

のこのこ出てくるであろうカインとフローラを討てば、名声が高まりフランケルをも上回ることができるはずだ。

そのときこそ自分が――【黄泉の王】を越える至高の存在となるのだ。

◆

だが作戦は失敗に終わり、ユリィシアに敗れたネビュロスは――ネビュラと名を変え、彼女の元に居る。

ユリィシア・アルベルト。謎大き今の主人。

この人はどうやって【終わりの四人《ラスト・フォー》】の一柱である【奈落】に弟子入りすることができたのか。

フランケルの遺産である【不死の軍団《ヘルタースケルター》】をどうやって手に入れたのか。

その謎を解くために、ネビュロス改めネビュラは今もユリィシアの側にいる。

「あら、ネビュラちゃんこんなところにいたのですね」

「はっ!?」

急に声をかけてきたのはユリィシアだ。

「お嬢様、こんな夜更けになぜこのような場所に……」

「さぁ、あなたと同じ気持ちだからでしょうか」

「お嬢様も気になることがあるのでございますか」

何気ないネビュラの問いかけに、ユリィシアは首をわずかに傾げる。

何も知らない人であれば一瞬で魅了される仕草。だが彼女の本性を知るネビュラが騙されることはない。

「ネビュラちゃんは気になることがあって眠れないのですか？」

「え？　ええ、まあ……」

「私にお答えできることはありますか？」

ユリィシアの言葉に、ネビュラはごくりと唾を飲む。

これは――絶好の機会ではないのか。

単なる気まぐれかもしれない。二度と同じ機会は無いかもしれない。ネビュラは意を決してユリィシアに問いかける。

「お嬢様、あの……」

「ん、なんでしょうか？」

「【不死の軍団《ヘルタースケルター》】がいる【万魔殿《パンデモニウム》】は……いったいどこにあるのでしょうか？」

伝説の死霊術士《ネクロマンサー》フランケルが、隠し持つアンデッドたちを格納した秘密ダンジョン【万魔殿《パンデモニウム》】。

これまで多くの人たちが探しても見つけることのできなかったフランケルの秘宝。その在処はどこなのか……この少女なら知っているのではないか。

「まぁ、そんなことを知りたいのですか？」

妖しく微笑むユリィシアに、ネビュラは震えながら頷く。

「ええ、まぁ……可能であれば」

「まぁ……ネビュラちゃんはよく尽くしてくれてますからね。特別に教えて差し上げましょう」

ユリィシアはおもむろに人差し指を立てると、天に向かって掲げます。

「えっと……」

これはどういう意味なのか。なぜ彼女は空を指すのか。

「あそこです」

「へ？」

「あそこに【万魔殿《パンデモニウム》】があります」

一瞬呆けた後、ネビュラはユリィシアが語る言葉の意味を理解して——愕然とする。

「なっ……なんですと!?」

なぜならユリィシアが指差した先にあったのは——。

「まさか……【万魔殿《パンデモニウム》】は——〝月〟にあるのですか!?」

「そうです。異形の月——〝じゃがいも月《ボテトムーン》〟にあります」

どうりでどれだけ探しても見つからないはずだ。誰も見つけられないわけだ。

なぜなら【万魔殿《パンデモニウム》】は――この地上には存在していなかったのだから。

天に輝く二つの月のうちの一つ、〝じゃがいも月《ポテトムーン》〟にその場所はあるのだと言う。

「月……ですか。あそこは行ける場所なのですか？」

「ええ、ゲートを使えば。ただし空気が無いので不用意に飛び込むと即死しますけど」

「げげっ!?」

月にあるというだけでとんでもない話なのに、即死トラップまであるとは――とてもではないが遺産は回収できそうもない。

これは当面、彼女の側で様子を見るべきだ。ネビュラは即座に【不死の軍団《ヘルタースケルター》】強奪を断念する。

「しかしまさか、月にダンジョンがあるとは……」

「ええ。ダンジョンやゲートは奥深いものですね」

だめだ、今の自分ではやはり敵わない。

そう思いながらも、ネビュラはユリィシアと一緒に空の月を――【万魔殿《パンデモニウム》】を見上げるのであった。

END

不死の軍団 ～ヘルタースケルター～

主要加入候補　鑑定済みリスト

Rank SSS

❖ ？？？？？
素体：アナスタシア・クラウディス・エレーナガルデン・ヴァン・ガーランディア（適合度：3%）　眷属化済

Rank SS

❖ レッドボーン・スケルトン
素体：ウルフェロス・ガロウ（適合度：72%）　眷属化済

❖ プラチナムエクトプラズマロイヤルレイス
素体：ジュリアス・シーモア・フォン・ユーフラシア・リヒテンバウム（適合度：68%）　眷属化済

❖ ブレイブリー・スケルトン
素体：アレクセイ・アルベルト（適合度：3%）　眷属化済

❖ エクストラ・ウィザード・スピリット
素体：キャメロン・ブルーノ（適合度：14%）　眷属化済

Rank S

❖ ヴァンパイア（真祖）
【宵闇の王】ネビュロス　従属済
ネビュロスの眷属：ゾンビ＆スケルトン＆ゴースト 他多数

❖ デュラハン
素体：カイン・アルベルト（適合度：76%）　眷属化済

❖ リッチー
素体：フローラ・アルベルト（適合度：79%）　眷属化済

❖ リッチー
素体：フィーダ・スライバー　眷属化済

❖ 七人の聖導女
学園の七不思議　従属済

Rank A

❖ スケルトン・ネクロマンサー
フランケル・スケルトン　**従属済**

❖ マエストロ・ファントム
素体：ピナ・クルーズ（適合度：18%）　**眷属化済**（Sランクの素養あり）

❖ ナイトストーカー
素体：シャーロット・ルルド・アリスター（適合度：76%）　**未契約**

Rank B

❖ ロイヤルゴースト
素体：アンナメアリ　**未契約**

Rank C

❖ スペクター
素体：ナディア・カーディ・パンタグラム（適合度：76%）　**眷属化済**（Sランクの素養あり）

あとがき

作者のばーどです。ホーリーアンデッド2巻を手に取っていただきありがとうございました。

今回のお話はいかがでしたでしょうか。1巻からガラリと場面や雰囲気も変わりましたが、引き続き楽しんでいただけたのであれば嬉しいです。

今回のエキストラエピソードとなる観光編は、visualstyle の取材の際の雑談から生まれたエピソードになります。

追加ページが必要だということになり、どんな話にしようかと口にしたら、ビジュアルアーツの皆様から学園だったら臨海学校、海だろう、キャンプだろう、アンデッド料理だろうと。ぽんぽんとアイデアが出てくるあたり、さすがは稀代のコンテンツクリエイターの皆様だと舌を巻いたものでした。

結果として海は無いのですけど……まぁ水着とキャンプとスケルトンは入れることが出来たので良し、ということで！

さて、ホーリーアンデッドの今後の展開ですが、まずはボイスドラマ！

無理を言って初回の収録に立ち合わせていただいたのですが、声優の皆様の演技が素晴らしくて、思わず泣いてしまいました。

複数人の掛け合いなど、まるでその場で本当にお話の中の皆が実在しているようで……いえ、確かにそこに存在していたのです。

そんな素敵なボイスドラマ、是非聴いていただけると嬉しいです！

また、ノベライズと同じく夢の一つだったコミカライズも実現します！

最初はエイプリルフールのネタかと思いましたが、東条さかな様に本当に引き受けて頂いたということで、感謝感激です！

コミックの世界で動き回るユリィシアの姿を見れるのを、とても楽しみにしています。

そしてそしてなによりキネティックノベル！

ボイスドラマがこれだけ素晴らしかったので、どのようなものになるのか、楽しみで仕方ありません。

書籍につきましては、もし3巻が無事出ることになれば、今度は帝国編になるかと思います。これまでチラチラと姿を見せていたメインヒロイン？もいよいよ登場するかもしれません!?

それでは最後に、さまざまなプロジェクトにご尽力頂いたビジュアルアーツ関係者の皆様、引き続きイラストを担当いただいた刃天様、そして……この本を手に取っていただいた皆様に厚くお礼申し上げます。

それではまた、皆様とお会いできることを楽しみにしています！

２０２３年４月　ばーど

HOLY UNDEAD
ホーリーアンデッド
～非モテでぼっちの死霊術士が、
聖女に転生してお友達を増やします～

Kinetic Novels

キネティックノベルス

ホーリーアンデッド 2
～非《ひ》モテでぼっちの死霊術士《しりょうじゅつし》が、聖女《せいじょ》に転生《てんせい》してお友達《ともだち》を増《ふ》やします～

2023年　5月31日　初版第１刷 発行

■著　　者　　ばーど
■イラスト　　刃天

発行人：馬場隆博
企　画：キネティックノベル大賞
編　集：豊泉香城（ビジュアルアーツ）/黛宏和（パラダイム）

発行元：株式会社ビジュアルアーツ
〒531-0073
大阪府大阪市北区本庄西2-12-16 VA第一ビル
TEL 06-6377-3388

発売元：株式会社パラダイム
〒166-0004
東京都杉並区阿佐谷南1-36-4 三幸ビル4A
TEL 03-5306-6921

印刷所：中央精版印刷株式会社

ISBN978-4-8015-2503-0　　Kinetic Novels 003

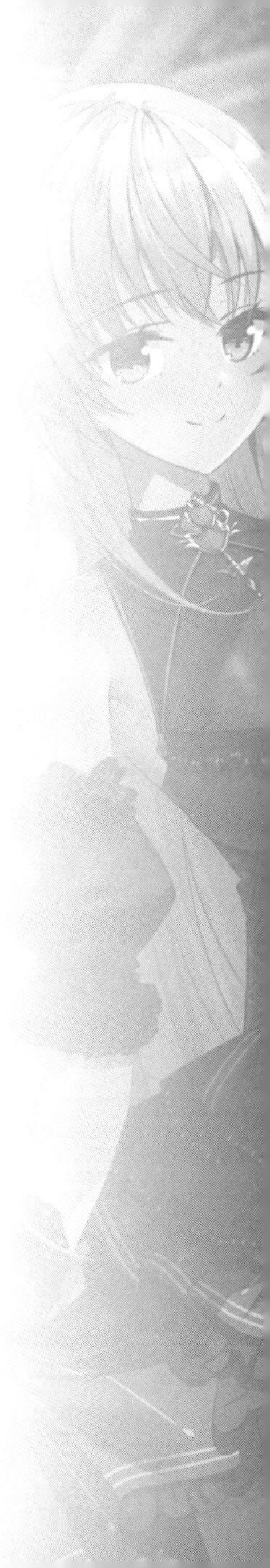